Petra Klotz · Susanne Schönfeld

Zwetschge sucht Streusel

Petra Klotz · Susanne Schönfeld

Zwetschge sucht Streusel

Roman

Silberburg-Verlag

Petra Klotz, Jahrgang 1958, ist in Memmingen geboren und in einer Großfamilie aufgewachsen. Nach dem Realschulabschluss absolvierte sie eine kaufmännische Ausbildung und arbeitet heute in der Verwaltung einer ergotherapeutischen Praxis. Sie ist verheiratet, hat zwei Söhne und lebt in einem Stadtteil Memmingens.

Susanne Schönfeld, geboren 1965 in Lehnin (Brandenburg), kam 1987 nach Memmingen. Sie absolvierte eine Lehre als Reiseverkehrskauffrau und studierte dann an der FU Berlin und der LMU München Amerikanistik. Ein Auslandsaufenthalt in den USA und viele Reisen in alle Teile der Welt halfen ihr, ihr Reisefieber zu lindern. Bis 2006 schulte sie Erwachsene am Computer, seither arbeitet sie in einer Werbeagentur. Sie lebt mit Ehemann und Sohn in Memmingen.

1. Auflage 2012

Umschlaggestaltung:
Christoph Wöhler, Tübingen.
Coverfoto:
© Eduard Djendrono – istockphoto.
Lektorat: Bettina Kimpel, Tübingen.
Druck: Gulde-Druck, Tübingen.
Printed in Germany.

ISBN 978-3-8425-1182-8

Kapitel 1 | *Sina*

»Sina, mach die Tür auf!«

Es bummerte wie irre an meine Wohnungstür.

Ich stellte meine Kaffeetasse zurück auf den Tisch. Es war Sonntag. Gestern hatte ich ausgiebig das Donaufest gefeiert. Da konnte man doch ein bisschen Ruhe für Leber und Hirn verlangen!

Ein Blick auf die Uhr, 11.24 Uhr. Okay, wer machte am Morgen solch einen Lärm?

»Sina, bitte! Rocky geht es nicht gut!«

Es hörte sich an wie der Enkel meiner Nachbarin. Frau Madlener war für ein paar Tage nach Bad Buchau zu ihrer Schwester gefahren und ihre Tochter und deren Söhne passten hier in Ulm auf die Wohnung auf.

Der Lärm trieb einem ja Blutblasen auf die Trommelfelle, sapperlott!

Ich riss die Tür auf.

Eine kleine Hand mit einem nassen Stück Teppich reckte sich mir entgegen. Frau Madleners Enkel, Max und Moritz, standen heulend auf der Matte.

»Wir wollten, dass er auch ein Beruhigungsbad bekommt, wie Mama gestern, und dann haben wir ihn gebadet und uns gefreut, wie schön er gelext ist, und haben ihn geföhnt, aber er hat gar nicht mehr aufgehört zu gelexen und nun ist er krank, huhuhu …«, sprudelte es mir, unterbrochen von kräftigem Schniefen, entgegen.

Max hielt immer noch die Hand nach oben. Ich begriff, dass das nicht ein Stück Auslegware, sondern der Hamster der Kinder war.

Vorsichtig griff ich nach dem Tier und hielt es mir ans Ohr. Nichts!

»Wann war das mit dem Bad?«

»Eben, gerade eben!«, jaulten beide.

»Er muss sofort zum Arzt!«

Vielleicht war ja noch Hoffnung. Während ich nach meiner Handtasche griff, ging ich schnell die sonntäglichen Veterinär-Optionen durch. Tierklinik Pfuhl!

»Wo ist eure Mutter?«

»Beim Bäcker, die kommt gleich!« Wieder unisones Jaulen.

»Ihr bleibt zu Hause und rührt euch nicht vom Fleck und auch nichts weiter an, okay?«

»Okay!«

Ich schob beide in Frau Madleners Wohnung und schloss die Tür hinter ihnen.

Nun aber los! Ich schlüpfte in meinen Mantel, schleuderte meine Schlappen in die Ecke und quetschte meine strickbestrumpften Füße in Joggingschuhe.

Wohin nur mit dem Tier? Handtasche! Der Autoschlüssel …!

Geschickt angelte ich am Patienten vorbei meine Schlüssel aus der Tasche. Ich rannte in die Tiefgarage. In Ulm sah es heute nicht nach Regen aus, also konnte das Dach unten bleiben. Gott sei Dank war am Sonntag auch der Verkehr in der Stadt erträglich.

Auf der Donaubrücke beschlich mich das schlechte Gewissen. Das Tier kriegte doch keine Luft! Ich griff in meine Tasche, kramte, bis ich ein Hamsterbein fühlte, und zog. Tatsache! Ich legte ihn mir auf den Schoß. Was jetzt?

»Bleib bei mir!«, sagte ich dramatisch und klopfte mit dem Zeigefinger gegen seine Backen.

Zum Glück saß niemand im Auto.

»Du darfst jetzt nicht einschlafen!«, schrie ich nun laut gegen den Fahrtwind an.

Das kannte man doch aus dem Kino. Einschlafen war ganz schlecht. Vorsichtig schüttelte ich an seiner Pfote und rief aufmunternde Kommentare, bis wir an der Klinik ankamen.

»Das ist ein Notfall!«

Ich bemühte mich, den Hamster nicht zu unsanft auf die Theke der Klinikanmeldung zu legen.

»Bitte schnell einen Arzt!«

»Frau Doktor isch gerade im OP und Herr Doktor innre Besprechung.«

Ein unglaublich gut aussehendes Ding stand hinter der Theke, spitzte die Lippen und blinkerte mich mit ihren Kuhaugen an.

Na, da wird Frau Doktor aber ihre Freude haben, wenn Herr Doktor nicht blind ist!

»Einer von beiden wird jetzt alles stehen und liegen lassen und herkommen müssen, sonst haben sie gleich einen Patienten weniger!«

Skeptisch rollte sie die Augen Richtung Hamster. »I glaub et, dass sich des no lohnt, aber i sag dem Herr Doktor Bescheid.«

Ich folgte ihrem Blick und meine aufsteigende Empörung legte sich sofort. So einen richtig frischen Eindruck machte das Tier ja nicht mehr. Aber meine Oma Hilde sieht auch schon jahrelang aus wie scheintot und strickt mir immer noch Socken.

Die Schöne drehte sich mit einer neckischen Kopfbewegung um und stolzierte von dannen.

Was konnte ich noch tun? Das Tier lag vor mir auf der Seite und rührte sich nicht. Vorsichtig schaute ich mich um und sah ein Stethoskop in Reichweite auf dem Tisch der Rezeptionistin liegen.

Herzschlag hören, das kann doch jeder.

Ich griff mir das Teil, steckte mir die Stöpsel in die Ohren und probierte den großen Abhörkopf auf dem kleinen Körper zu platzieren.

»Das übernehme ich!«

Ich zuckte zusammen, riss mir das Stethoskop aus den Ohren und schmiss es auf den Tisch. Es rutschte über die

Theke und klapperte auf die Erde. Kurze Erstarrung, dann bückte ich mich und knallte voll mit dem Kopf gegen den Kopf von Herrn Doktor, der sich ebenfalls bemühte das Gerät aufzuheben.

»Aua!« Ich taumelte zurück.

»Sind Sie in Ordnung?«

»Ich denke noch drüber nach«, gab ich zurück und sah in lustige Augen, deren Besitzer sich vor mir zu stattlicher Größe auffaltete.

Er griff nach dem Hamster.

»Machen Sie Rocky nicht kaputt«, sagte ich und rieb mir die entstehende Beule. »Wenn das noch möglich ist«, schob ich leise hinterher.

»Ich schau ihn mir an«, sagte er und verschwand.

Da stand ich nun und starrte auf die zugefallene Tür.

Ob sich dahinter, wie in diversen Krankenhausserien, hektische Betriebsamkeit verbarg? Herr Doktor sich mit dem Hamster laut »Notfall« rufend durch die Krankenschwestermassen bahnt, die sich alle immer gleichzeitig auf dem Flur aufzuhalten scheinen? Über Liegen springt und im Vorbeigehen schon den Defibrillator aktiviert? »Weg vom Tisch!« Pedals reiben und wumm! »Noch mal! Alle weg!« Wumm! Der kleine Hamsterkörper bäumt sich auf …

»Sie kennat do nahocka.«

Ich zuckte zusammen. Hinter mir stand Fräulein Kuhauge und blinkerte in Richtung Wartezimmer.

»Auf dieses Angebot greife ich, in Anbetracht der fürchterlichen Umstände, sehr gern zurück«, sagte ich auf Hochdeutsch, warf meinen Kopf ebenfalls herum und schritt in Richtung Wartezimmer.

Neonlicht und Holzstühle – gemütlich ist was anderes.

Leicht angenervt ließ ich mich auf einen solchen nieder.

Sonntags! Morgens!

Die Tür ging auf und Herr Doktor schaute um die Ecke.

»Und?« Ich sprang auf.

Er schüttelte den Kopf: »Ich hab alles versucht.«

»Wiederbelebung?«

Kopfschütteln.

»Herzmassage? Nichts?«

Kopfschütteln.

»Da gibt es doch so Dinger, Herz-Lungen-Maschinen. Kann man da nicht ...?«

»Auch die Mund-zu-Mund-Beatmung war erfolglos.«

»Sie haben nicht wirklich ...?«

Kopfschütteln. In seinen Augen konnte ich ein Blitzen sehen.

»Oh je! Was sag ich nur den Kindern?« Das war hart!

»Es gibt viele Hamster, die sich in der Fellfärbung ähneln. Vielleicht sollten Sie einfach einen neuen besorgen. In eine kleine Geschichte gepackt, werden eventuelle Veränderungen erklärbar.«

»Ich soll ihnen einen neuen für den alten verkaufen? Das ist dreist!«

Und lässt ja tief blicken! Wer lügt, der stiehlt, sagte schon Oma Hilde.

»Das, oder den ganzen Sonntag traurige Kinder und viele Tränen«, konterte er.

Da hatte er auch wieder recht!

»Genauso unschön.«

»Wie erklären Sie Ihren Kindern denn sonst solche Sachverhalte?«

»Gar nicht!«

Er schaute mich irritiert an.

»Das sind nicht meine Kinder, sondern die Enkel der Nachbarin.«

Seine Schultern strafften sich.

»Was geschieht mit dem Ka..., Kadaver? Kann ich ihn mitnehmen?«, fragte ich.

»Das ist leider nicht möglich, aber ich werde ihn auf dem Friedhof begraben.«

Ein leichtes Schmunzeln verriet mir, dass das nicht ganz der Wahrheit entsprach.

»Mülltonne?« Es schauderte mich.

»Krematorium.«

»Oh! … Interessant!«

Werden die Tierkadaver in die Särge zu den Menschen gelegt? Ich sah eine große düstere Halle. Fackeln flackerten an den Backsteinwänden. Ein schwarz befrackter Bestattungsunternehmer schleicht auf den Sarg zu, der mitten im Raum steht. Mit diabolischem Lachen hebt er den Deckel an und plumps, Hamster rein, Deckel zu …

»Ein guter Freund von mir hat eine Tierhandlung. Ich würde ihn anrufen und fragen, ob er einen ähnlichen Hamster im Bestand hat. Einen lebendigen, meine ich.«

»Bekommen Sie so Ihre Provision?«, rutschte mir raus.

Du dusslige Kuh!

Eigentlich war ich sehr froh, nicht das tote Tier mitnehmen zu müssen, und das Angebot war auch sehr nett. Wo würde ich sonst einen Hamster herbekommen? An einem Sonntag!

»Liegt ganz bei Ihnen.«

Seine Augen waren dunkel geworden und das Lächeln verschwunden.

Los, sag was Nettes!

»Vielleicht ist die Idee doch gar nicht so übel!« Ich lächelte schief.

»Okay, warten Sie hier, ich ruf ihn an.« Er verschwand.

Mann, du garstige Kröte! – Aber wen wundert es? So früh am Morgen! Vor ein paar Stunden erst aus dem Barfüßer *mittelschwer beschwipst nach Hause gewankt. Eine morgendliche Tierleiche! Und dieses neongetränkte Wartezimmer mit dem Charisma eines Schlachthofes. Da kann es schon mal mit einem durchgehen! Obwohl Herr Doktor ja optisch der Hammer ist – aber leider mit Frau Doktor.*

Ich schlenderte zum Fenster. Vorbei an einem wahrscheinlich sterilen Glasschrank. Kurz erhaschte ich mein Spiegelbild.

Zurück! Ach du liebes bisschen!

Mein Mantel war aufgegangen. Man konnte sehr schön die in die Jogginghose gestopfte Schlafanzugjacke bewundern.

Na, ganz toll!

Schnell schloss ich den Mantel und kontrollierte alle Knöpfe einzeln.

»Das geht in Ordnung.« Herr Doktors Kopf schaute in den Wartesaal.

»Es musste alles so schnell gehen, da konnte ich mich nicht mehr anziehen«, stammelte ich mit roten Ohren.

Als er mich fragend ansah, wurde mir klar, dass er den Hamster gemeint hatte. Kurz überlegte ich, ob ich den Mantel aufmachen sollte, um ihm zu zeigen, dass ich nicht nackt darunter war.

Du denkst zu viel! Einfach nicken und lächeln!

Ich nickte und lächelte.

Er auch. Und er wartete – offensichtlich.

»Ach ja, danke! Toll!«

Ein breites Grinsen ließ wunderschöne Zähne sehen.

So gerade und weiß! Ich frage mich, wie es wäre, an ihnen zu lecken …

»Wollen Sie gar nicht wissen, wo Sie hinmüssen?«

»Doch, doch, na klar! Wohin?«

Verwirrend! Süß! Aber eigentlich nicht dein Typ! Oder doch?

Ich stand irgendwie auf die »Feschteren«! Nein, nicht die Dicken! Eher die Bärigen mit Substanz. Sie versprachen Genuss und Gemütlichkeit. Dünne waren potenzielle Raser und Schlinger. Immer in der Erwartung, man passe sich ihnen an. Renne mit, faste mit, lebe alkoholfrei!

»In Söflingen, kennen Sie sich da aus?«

Große braune Augen sahen mich fragend an.

»Ja, na klar. Wo da genau?«

»Maienweg. Da holen Sie den Ladeninhaber ab und fahren gemeinsam in die Tierhandlung.«

»Maienweg, aha«, wiederholte ich langsam und überlegte krampfhaft, wo das sein sollte.

Er zögerte. »Wenn Sie fünf Minuten warten, dann komme ich mit.«

»Das ist ja sehr nett, aber warten hier nicht unglückliche Tiere auf Ihre heilenden Hände?«

Und Frau Doktor jauchzt bestimmt auch nicht vor Freude, ihren Mann mit mir davonbrausen zu sehen.

»Ich hatte Nachtschicht und bin schon längst überfällig. Ich sag meiner Schwester schnell Bescheid.« Er drehte sich um und verschwand.

Ach, seine Schwester!

Der Sonntag hatte einfach was! Ich grinste.

Bleib ganz ruhig, Sinale, auch Brüder haben Frauen!

Ich grinste immer noch.

Mein Blick fiel wieder auf mein Spiegelbild im Glasschrank. Na bravo! Ich würde in Jogginghose und Schlafanzugjacke mit einem Prinzen zum Einkaufen fahren! Schnell kontrollierte ich alle Knöpfe an meinem Mantel und verknotete sicherheitshalber noch den Gürtel. Mir wurde schon ein bisschen warm.

Fang bloß nicht an zu schwitzen! Ob ich mir die Hose ausziehen soll? Wohin dann damit? Hinter den Schrank stopfen? Klar, und dann stehst du in Stricksocken und Joggingschuhen da. Die Socken! Runter damit!

Ich schlüpfte aus den Schuhen und zog die dicken Fußwärmer aus. Als ich meinen Blick etwas anhob, sah ich, dass Herr Doktor schon vor mir stand. Verlegen stopfte ich die Socken rechts und links in meine Manteltaschen und versuchte gleichzeitig unauffällig in meine Schuhe zu schlüpfen.

»Kann losgehen«, flüsterte ich verlegen.

Er grinste.

»Das Vergleichsmuster hab ich dabei.«

In seiner Hand hielt er eine Keksdose und schüttelte sie leicht. Ich hörte, wie etwas weich gegen die Wände dumpfte.

»Uuuh!« Ich schüttelte mich mit hochgezogenen Schultern. »Appetitlich.«

Er streckte mir seine andere Hand entgegen. »Martin, Martin Winter.«

»Sina Sänger.« Ich drückte kräftig seine Hand.

»Ganz uneigennützig ist mein Einsatz hier nicht. Ich habe gerade kein Auto und hätte warten müssen, bis meine Schwester mich nach Hause fährt. Da ist mir der Umweg ganz willkommen.«

Das trübte meine Stimmung nur ganz wenig.

Okay! Mal sehen, was Herr Doktor, äh, Martin, außer hübsch noch so zu bieten hat.

»Toller Wagen!« Staunend stand er vor meinem Alfa. »Hab ich schon aus dem Fenster bewundert.«

»Eine Giulietta, Baujahr 58«, sagte ich nicht ganz ohne Stolz, öffnete die Fahrertür und ließ mich in den Sitz fallen.

Als er saß und automatisch mit der linken Hand zum Gurt greifen wollte, fing ich an zu lachen.

»Hier gibt es nichts zum Anschnallen.«

»Du, äh, Sie fahren doch dementsprechend?«, fragte er etwas unsicher.

»Aber sicher! Und das Du ist völlig okay, du«, antwortete ich und startete den Motor.

In der ersten Rechtskurve gab ich mit Absicht ein bisschen Gas und er schleuderte mehr oder weniger unkontrolliert nach links. Vor Schreck krallte sich Martins Hand in meinen Oberschenkel. Die Keksschachtel rutschte auf den Boden.

Er sah mich mit aufgerissenen Augen an.

»Das ist ein Rennwagen, der liegt so auf der Straße. Man gewöhnt sich dran«, erklärte ich mit breitem Grinsen.

»Es geht mir eher um die Pietät.« Er nickte in Richtung Dose.

Diese stand jetzt, eingeklemmt zwischen Martins Füßen, auf der Seite.

»Ich hatte ihm ein würdevolles Lager gebastelt und nun ...« Vorwurfsvoll sah er mich an.

Das arme Tier! Es rollt jetzt in der kalten dunklen Dose umher. Kekskrümel drücken sich wie Panade auf sein Fell ...

Mein Lächeln fror ein. Ein schuldbewusster kurzer Seitenblick zu Martin. Glitzern in seinen Augen.

»Gut, dass er schon im Himmel ist, oder?« Schmunzelnd stellte er die Dose auf.

Eifrig nickend blickte ich konzentriert auf die Straße.

Na, ganz toll gemacht! Der erste Eindruck ist dir wirklich gelungen! Eine Drumsel im Schlafanzug, die tote Tiere rumschubst und nicht Auto fahren kann. Den siehst du nie wieder!

Nach dem Kreisverkehr tastete ich bemüht unauffällig nach dem Radio. Musik würde die peinliche Stille etwas auflockern helfen.

»›Let's spend the night together‹ von den Stones für alle, die mit Musik eine Botschaft überbringen möchten!«, schallte Stefanie Anhalt mir entgegen.

Mein Nacken verkrampfte sich. Hoffentlich verstand Martin kein Englisch. Ob oder ob nicht, er griff nach dem Lautstärkeregler und drehte auf.

»Now I need you more than ever«, sang er mit tiefer Stimme.

Sämtliche Härchen an meinem Körper richteten sich auf.

»Stonesfan, schon seit ich im Internat war«, sagte er plötzlich mitten in seinen Begleitgesang.

»Ist ja irre, ich auch! Auch seit dem Internat!«, gab ich zurück und sah ihn kurz an.

Er lächelte. Mein Nacken wusste nicht, ob er sich entspannen sollte oder weiter die Stellung halten.

»Ich habe meine Kindheit teilweise in Afrika verbracht und die englische Schule war acht Autostunden entfernt.«

So viel zu seinen Sprachkenntnissen!

»Interessant!« Ich musterte ihn mit einem kurzen Blick. »Bei mir war es ein Heim für schwer Erziehbare.«

Seitenblick. Hochgezogene Augenbrauen.

»Nein, ich mach nur Spaß!«, lachte ich und mein Nacken entkrampfte. »Meine Eltern waren immer viel unterwegs. Da war ich in der Pubertät besser in einem Internat aufgehoben.«

»Hast du's gemocht?«

»Mit zeitlichem Abstand gesehen, war es eine wunderbare Zeit. Unglaubliche Kameradschaft. Hab ich nie wieder gefunden. Die meisten waren eingefleischte Stonesfans und haben mich sofort infiziert.«

»Wie bei mir!« Seitenblick. Er strahlte mich an.

In meinem Bauch schwappte eine warme Welle umher.

»Mick Jagger war damals für mich Vater und Mutter. Bei ihm fand ich immer, wie soll ich sagen … Trost. Ja, das ist das richtige Wort – Trost«, erzählte ich weiter.

Wieder vorsichtiger Seitenblick. Sein Strahlen war einem eindringlichen Blick gewichen.

Stille. Neben uns schäumte die Donau.

Hatte ich was Komisches gesagt? Was erzählte ich auch immer für private Sachen? Mick als Vater und Mutter! Das ging doch keinen was an. Außer Mick und mich! Gut, dass ich nicht noch meine Sexfantasien mit Mick beschrieben hatte!

Ich traute mich nicht, Martin noch mal anzusehen. Langsam fuhr ich durch die Neue Straße.

»Das hast du schön gesagt.« Er räusperte sich. »Das trifft im Kern mein Verhältnis zu den Stones. Eigentlich hole ich mir auch heute noch von ihnen Rat und Zuspruch. Das kann man so aber niemandem erklären, ohne für total bekloppt gehalten zu werden. Oder?«

Die Welle wogte nun mächtiger und verwandelte sich in Zärtlichkeit. Am liebsten hätte ich ihm über den Kopf gestrichen, aber der Verkehr wurde dichter. Der Fahrtwind zerzauste unsere Haare. Das Münster grüßte von rechts.

Noch ein bisschen schöner und es wird kitschig!

Und es wurde schöner. Als ob SWR1 meine Lieblingshitliste abarbeitete, kam als Nächstes »Do kannst zaubre« von BAP.

»Wunderschöner Song, lange nicht gehört.« Martin sah versonnen aus dem Auto.

Kölsch also auch.

»Ich hab früher immer bei BAP mitgesungen, obwohl ich das meiste gar nicht verstanden habe«, gestand ich ihm. »Das war so wie mit den englischen Songs vor dem Englischunterricht. Silbensingen.«

Martin lachte.

Das erste Mal im Leben wünschte ich mir einen Stau. Ehinger Tor – hier staute es doch immer. Ich sah nach rechts und links. Kaum ein Auto. Mist!

Wir lauschten Herrn Niedecken, bis Martin mit der Hand nach links zeigte.

»Da vorn rechts die Straße rein. Wir fahren direkt in die Zoohandlung.« Auf meinen fragenden Blick ergänzte er: »Ich hab ihn noch mal angerufen. Er kommt mit dem Fahrrad, weil er nicht auf meinem Schoß sitzen wollte.« Eine Geste in Richtung der zwei Sitze.

Der zwei einzigen Sitze. In meiner Aufregung hatte ich gar nicht daran gedacht, dass wir zu dritt einer zu viel gewesen wären.

Im Auto sowieso.

Martin klopfte, die Keksdose in der Hand, an die Glastür der Zoohandlung. Die Tür sprang auf.

»Na, da send ihr ja, ihr zwoi Hübsche!«

Ein leicht schwammiger Typ mit rötlicher Muttifrisur musterte mich vom Hals bis zum Schritt.

»Do guck na, Martin! Da hascht mir aber wieder dei beschtes Stück vorenthalta. Wieso flieget solche Frauen immer auf di, du Simpel? I bin dr Bernd.«

Er streckte mir seine Hand entgegen, die ich kurz und fest drückte.

Kalter Fisch.

»Sina.«

»Sina. Die süße Sina. Mehr als angenehm!«, schwülstete es mir entgegen.

Martin rollte mit den Augen und nickte leicht genervt. »Wir müssen schnell das Tier holen und dann gleich wieder weiter.« Dabei umfasste er meine Schulter und schob mich an Bernd vorbei in den Laden.

»En Hamster brauchet ihr? Vielleicht solltet ihr zwei Karnickel nemme, die könntet dann so richtig …« Bernd machte eine obszöne Handbewegung. »Woischt, wie i moi?« Er ließ ein Geräusch ertönen, welches mich ganz stark an einen Seehund erinnerte. »Die Sach isch et ganz so einfach, wie ihr euch das vorstellt. Es gibt viele Hamsterarten. In meinem Bestand send's drei. Die da wären: Roborowski-Zwerghamster, Dsungarischer Zwerghamster und Goldhamster. Wenn ihr mir die Möglichkeiten der Haltung aufzeigt und zu welchem Zweck ein solcher gewünscht wird, kann ich euch selbstverständlich beratend zur Seite stehen«, ratterte es aus ihm heraus.

Lustig wechselte er zwischen Mundart und Hochdeutsch binnen eines Satzes hin und her. In der Zeit hatte Martin ganz ruhig die Keksdose geöffnet und hielt nun den leblosen Hamster an einem Bein in die Luft. Kekskrümel fielen auf den Boden.

Bernd riss die Augen auf. »Oh! … Na, der isch doht.« Verständnislos schaute er von mir zu seinem Freund.

»Wir brauchen den exakt gleichen!« Martin hielt Rocky direkt vor Bernds Augen.

Blinzelnd wich der einige Schritte zurück.

»Männle oder Weible?«

»Egal«, anworteten Martin und ich gleichzeitig.

»Also, Sacha gibt's! Egal isch des ganz sicher et! Verhaltensforscher würdet jetzt die Händ überm Grind zsammeschlage. Des Männle unterscheidet sich im Wesen vollkommen vom

Weible. Wie im richtige Läbe!« Wieder der schnarrende, heisere Laut.

Interessant! Ich war ganz kurz davor zu versuchen, ob und wie das funktionierte.

»Geh einfach und hol einen.«

Martin legte Rockys Leiche wieder in die Keksdose und gab sie Bernd in die Hand. Dann schob er ihn sanft nach hinten.

»Goldhamster kann man nur als Jungtiere zusammen halten. In freier Wildbahn leben sie nicht länger als bis zum Abschluss der Geschlechtsreife zusammen. Dann suchen sich die Jungtiere eigene Reviere. Die Tiere leben solitär, also einzeln in ihren Revieren, welche sie äußerst aggressiv verteidigen. Nur zur Paarung treffen sie aufeinander. Nach erfolgreicher Befruchtung vertreibt das Weibchen den Bock aber sofort wieder aus dem Nest.«

»Wenn er verkaufstechnisch unterwegs ist, fällt er immer ins Hochdeutsche«, erklärte mir Martin. »Hat er bei seinem Zoologiestudium in Essen so eingebläut bekommen.«

Bernd war beim Schwadronieren ins Lager gelaufen, so dass seine Stimme immer leiser wurde. Sein Lachen aber konnten wir bis in den Laden hören.

»Na, aber geboren ist der wohl in Schwetzingen«, sagte ich in den Raum hinein.

»Ja, in der Babblagass«, kicherte Martin.

»Ecke Laberstraße«, antwortete ich prustend.

Beide lachten wir aus vollem Hals und konnten uns kaum beruhigen, als Bernd mit einem kleinen Käfig in der Hand zurückkam.

»Wenn die Herrschaften amol schaue möchtet.« Er stellte den kleinen Käfig neben die Keksdose. »Fast identisch, nur das Geschlecht ist ein anderes. Welches, wie ich schon sagte, zu erheblichen …«

Wir explodierten.

Bernd schaute uns erst befremdet an, fiel dann aber mit seinem Robbengeheule in die Heiterkeit mit ein. Was nicht zur Beruhigung beitrug.

Irgendwann ging uns die Luft aus. Ich bezahlte das Tierchen und wir verabschiedeten uns von Bernd. Ich bedankte mich ganz herzlich und schüttelte wieder den kalten Fisch.

Als Martin sich von ihm verabschiedete, stand Bernd seitlich von mir. Er gab Martin ständig irgendwelche Zeichen, die aus meiner Perspektive aussahen wie sämtliche obszönen Gesten der Welt.

Charmant!

»Hier kannst du anhalten. Ich wohne dahinten.« Martin deutete an der Blau entlang in den Park zu einer schönen Stadtvilla.

Ich war hier schon oft mit dem Fahrrad gefahren und hatte die schönen Häuser bewundert.

»Ja, und ich werde jetzt fahren und den Kindern den Hamster unterjubeln.« Mühsam versuchte ich die gespannte Stille im Auto aufzulockern.

»Du weißt schon, dass so ein junger Hamster wöchentlich mindestens einmal zum Arzt muss.«

Ach was!

»Frau Madlener ist bestimmt ganz wild auf Untersuchungstermine«, antwortete ich grinsend.

»Für das Tier wäre es vielleicht besser, von der Käuferin begleitet zu werden«, gab er ebenfalls grinsend zurück. »Meine Nummer hast du ja.« Er öffnete die Tür und drehte sich noch einmal zu mir. »War schön heute. Also alles nach dem Exitus.« Er stieg aus. »Viel Glück mit den Kindern und Frau Madlener. Wenn du nächste Woche keinen Termin machst, werde ich wohl dem Tierschutzbund Bescheid geben müssen.«

Er zwinkerte mir zu und ging in den Park.

Was war denn jetzt los? Anmachen und stehen lassen! Der kann auf einen Termin warten, bis er schwarz wird!

Am nächsten Tag rief ich an.

Der Termin wurde ein Hausbesuch. Bei mir – ohne Tierkontakt.

Martin kam mit einer Flasche Wein. Wir redeten, lachten und öffneten eine zweite Flasche, die ich noch irgendwo rauskramte. Dabei vergaßen wir völlig, den Schein zu wahren und nach dem Tier bei Frau Madlener zu schauen.

Max und Moritz waren bei der Übergabe am Sonntag völlig aus dem Häuschen gewesen. In ihren Augen avancierte ich zu Super-Sina. Frau Madlener allerdings schaute mich mit so merkwürdigem Blick an, dass ich mich eher wie der Joker fühlte. Als die Kinder Fake-Rocky in ihren Käfig brachten, gestand ich alles.

»Des isch aber ganz lieb von Ihne, dass Sie sich so viel Müh gmacht hent«, sagte sie und strich mir über den Arm.

Am liebsten hätte ich ihr von dem schönen Sonntag und von Martin erzählt. Was sollte sie aber von mir denken? Dass ich mich dem ersten schönen Tierarzt, der seinen Sonntag nach einer Nachtschicht damit verbrachte, einer Frau in Schlafanzug einen Hamster zu besorgen, an den Hals schmiss? Das wäre zu peinlich gewesen.

Ich würde auch jetzt nicht bei ihr klingeln und ihr erklären wollen, dass genau dieser schöne Tierarzt gerade bei mir im Wohnzimmer saß. Und dass sich eine Vertrautheit eingestellt hatte, die man nicht nur auf den Alkohol schieben konnte.

Es war wie in einem dieser schlechten Filme, die man trotzdem zu Ende anschaut, in der Hoffnung, dass etwas von dieser Süße auch im Alltag an einem kleben bleiben wird … Der Herr Doktor und ich verstanden uns prächtig.

Um kurz nach zwei allerdings musste ich herzhaft gähnen.

Martin lachte verlegen und stand auf. »Jetzt musst du mich aber rausschmeißen, sonst erzähl ich dir noch alle meine Geheimnisse.«

»Au ja, dann hab ich dich voll in der Hand.«

Er schaute mir in die Augen, sagte aber nichts, sondern strich mir nur kurz übers Haar. »Wenn du wüsstest.«

Meine Knie wurden ganz weich.

Dummes Weib, das ist doch gar nicht dein Typ!

Martin schaute mich immer noch an, drehte sich dann aber plötzlich um, sagte: »Bis zum nächsten Termin« und ging aus der Tür.

Was war das jetzt wieder? Hatte ich Mundgeruch? Es lief doch alles gut, warum immer diese abrupten Brüche?

Warum ärgerte mich das eigentlich?

Es ärgerte mich so, dass ich die ganze Nacht schlecht schlief, und als ich kurz eindöste, träumte ich wild von Martin. Wir liebten uns und ich hatte eine wahnsinnige Angst, Kinder von ihm zu bekommen, weil er so groß war. Mein Bauch wuchs plötzlich und wurde groß und größer. Oh Gott, ich war schwanger! Kinder mit riesigen Köpfen versuchten sich aus meinem Bauch zu quetschen. Verschwitzt schreckte ich in meinem Bett auf. Na, Freud hätte seine Freude gehabt.

Völlig gerädert wollte ich gerade zur Redaktion der Südwest Presse, bei der ich seit dem Studium arbeitete, aufbrechen, da klingelte mein Telefon.

»Sänger.«

»Frau Sänger?«

»Ja?«

»Hier Praxis Dr. Martin Winter. I soll Ihna vom Herrn Doktor ausrichta, dass Sie sich om an Termin bemüha möchtet. In Bälde. Also heit.«

»So, sollet Sie des?« Mein Herz klopfte »Dann sagen Sie ihm doch bitte, ich nehme heute den gleichen wie beim letzten Mal.«

»Ja wenn isch des?«

»Das weiß er dann schon.«

»Ja wenn Sie meinet.«

»Ja, das geht schon in Ordnung. Vielen Dank!« Ich legte auf.

Heute Abend! Was soll ich anziehen? Soll ich was kochen?

Keine Spur mehr von Müdigkeit. Ich spurtete in den Keller, riss mein Rad aus dem Ständer und fuhr beschwingt in Richtung Redaktion. Die immer grimmigen Löwen vor dem Justizgebäude schienen mir heute zuzuzwinkern.

Den Tag im Büro verbrachte ich im Wesentlichen mit Grinsen. Ich hatte mir überlegt, einen italienischen Abend vorzubereiten. Da konnte ich nicht viel falsch machen: Antipasti, Weißbrot und Rotwein. Drei Flaschen. Das wirkte zufällig, nicht zu sehr bemüht. Hoffte ich.

Der Tag zog sich, wie sich noch nie ein Tag gezogen hatte. Endlich war Feierabend.

Martin kam Punkt sechs. Mit einem Picknickkorb. Bayerische Brotzeit.

»Ich dachte, wir gehen in den Park und machen Picknick.« Er trat ein und sah den gedeckten Tisch. »Oh, tut mir leid, ich hätte dich anrufen sollen und dir sagen, dass ich Essen mitbringe«, sagte er betreten.

Ich überlegte kurz. »Gib mir fünf Minuten! Ich räum das schnell weg. Das kann man auch ein andermal essen.«

»Ja, morgen.« Martin sah mich an und seine Augen funkelten. »Das verdirbt doch sonst.«

»Schaun wir mal!«, sagte ich, fing an zu schwitzen und abzuräumen.

»Da, der gelbe VW, der gehört meiner Schwester.« Er hatte tatsächlich einen Parkplatz südlich des Münsters ergattert.

Wir fuhren in die Friedrichsau. In der Nähe der Teutonia suchten wir uns einen Platz unter einem Baum. Aber kaum hatte Martin eine Decke ausgebreitet, fing es an zu tröpfeln.

Er stoppte seine Bemühungen und schaute zum Himmel. Gewitterwolken bäumten sich auf. Sein Blick ging zu mir. Die Augen waren leicht zusammengekniffen und er kaute auf seiner Unterlippe.

»Wir müssen umdisponieren«, sagte er. »Picknick im Wohnzimmer. Bei mir.«

Er drückte mir die Decke in die Hand, nahm den Picknickkorb, griff mit der freien Hand nach meiner und zog mich in Richtung Parkplatz. Wir rannten, doch der Regen war schneller. Er ließ meine Hand los, um den Schlüssel aus seiner Hosentasche zu ziehen. Der Platzregen hatte gerade voll eingesetzt, als wir ins Auto sprangen.

Martin startete den Wagen und schaute zu mir. »Alles okay?«

Ich nickte. Tropfen klatschten mir auf die Oberschenkel und meine Haare klebten an meiner Stirn.

Martin griff in die Mittelkonsole nach einem Taschentuch. Er beugte sich zu mir und wischte mir ganz vorsichtig über die Stirn.

Ich war wie gelähmt.

Los, beweg dich! Küss ihn!

Doch der Augenblick verstrich. Martin drehte sich wieder nach vorn, legte einen Gang ein und fuhr los.

In seinem Haus angekommen, holte er zwei Handtücher. »Dort ist das Bad. Du zuerst.«

Im Bad fand ich einen Fön und gab mir die größte Mühe, mich wieder in Form zu bringen.

»Na? Geht es oder brauchst du trockene Sachen?«, fragte er mich, als ich aus dem Bad kam.

»Nein, es waren nur die Haare.«

»Ich hab schon gedeckt«, sagte Martin und zeigte auf die auf dem Boden ausgebreitete Decke. »Bin gleich wieder da.«

Im Gehen zog er sein Hemd aus und ich konnte einen Blick auf einen der bestgebauten Oberkörper werfen, die ich je gesehen hatte.

Oh! Starr da nicht so hin!

Verlegen drehte ich mich zu einer Bilderwand.

Ich konnte Martin auf den Bildern, auch unter anderen abgebildeten Jungs, sofort erkennen. Er hatte damals schon alles, was ihn heute optisch ausmachte. Und er war der einzige weiße Junge.

»Erkennst du jemanden?«, fragte Martin.

Er hatte sich ein T-Shirt angezogen, durch das man seinen gutgebauten Körper immer noch ahnen konnte.

»Siehst aus wie heute, nur alles kleiner damals.«

»Nicht alles«, grinste er, »meine beiden oberen Schneidezähne waren eigentlich meinem Gesicht voraus.«

Auf beinahe jedem Foto waren neben Martin und anderen Kindern irgendwelche Tiere abgebildet. Martin mit kleinem Zebra, Martin mit Hund, Martin mit Katze, Martin mit Hund und Katze und Martin mit einer kleinen, gefleckten Ziege. Auf einem Foto stand er neben einer Frau und einem Mann in Ärztekitteln. Neben ihm kniete eine blonde Frau, die den Arm um ihn legte und ihn liebevoll anschaute. Ein etwa zehnjähriges Mädchen grinste schüchtern in die Kamera. Im Hintergrund sah man einen einfachen Flachbau, an dessen Fassade ein rotes Kreuz aufgemalt war.

»Welcher Schönheit verdrehst du denn auf diesem Bild den Kopf?«, fragte ich und deutete auf die blonde Frau.

»Das ist meine Mutter, das meine Schwester und die anderen beiden sind meine Eltern«, kam es ohne Zögern von Martin.

»Oh!« Ich schaute verunsichert weiter auf das Foto.

»Hanni, also meine Mutter, arbeitete mit meinen jetzigen Adoptiveltern auf einer Krankenstation in einem kleinen Dorf in Kenia«, erzählte er weiter. »Meine Eltern waren Ärzte und lebten dort mit ihrer Tochter Sylvana. Hanni war Krankenschwester. Sie haben sich kennen gelernt, als Hanni nach kriegerischen Auseinandersetzungen an ihrem vorherigen Einsatzort fliehen musste oder besser konnte. Sie sprach nie darüber, nur am Anfang stammelte sie von einem Überfall, von Verschleppung und Flucht.« Martin unterbrach und sein Gesichtsausdruck veränderte sich. »Aber sieben Monate später bekam sie einen dicken Wonneproppen.« Mit übertriebener Geste zeigte er auf sich. »Von da an ging es ihr wieder besser – sagen meine Eltern zumindest«, fügte er lächelnd und leicht verlegen an. »Also, meine Eltern haben sie jedenfalls sehr geschätzt und sie meine Eltern wohl auch. Als sie krank wurde, schwer krank, bat sie die beiden, für mich zu sorgen, sollte sie sterben. Und so kam es dann auch«, erzählte Martin unsentimental. »Ich war damals vier Jahre alt.«

»Und dein biologischer Vater oder Verwandte, gab es niemanden sonst?«

»Es meldete niemand Anspruch an, da haben mich meine Eltern eben adoptiert.«

»Aber dein Vater?«

»Von dem weiß ich leider nichts. Hanni hat nie jemandem etwas von ihm erzählt.« Martins Blick richtete sich auf den Boden. »Hätte ihn schon gerne kennen gelernt.«

Ich hätte mir in den Hintern treten können.

Trübe Stimmung, nur weil ich so neugierig bin! Hast du ja toll hinbekommen!

Etwas verlegen zeigte Martin weiter auf seine Bildergalerie. »Zu den anderen Fotos fallen mir lustigere Geschichten ein. Nehmen wir mal Bonnie hier.« Er grinste und zeigte auf ein Bild mit einem braunen Setter. »Nach ihrer Sterilisation zogen wir ihr ein weißes T-Shirt an, damit sie sich nicht an der Wunde lecken konnte. In diesem Outfit gaben wir sie für ein Wochenende in die Obhut meiner Großeltern. Alle Parteien waren zufrieden mit diesem Arrangement. Wir wussten Bonnie in guten Händen, Opa und Oma freuten sich über die Hundegesellschaft und Bonnie genoss den großen Garten. Hier konnte sie zwischen Teich, Blumenbeeten und Gartenhaus ausgiebig herumschnüffeln. Auch ohne Aufsicht, da der Garten rundum eingezäunt war.

Bei unserer Rückkehr Sonntagabend kam uns Bonnie schwanzwedelnd entgegen, während unsere alten Leutchen völlig aufgelöst waren. Opa sprudelte sofort los: ›Der Hund war weg!‹ Oma fing an zu schniefen. Ihre Augen waren gerötet und geschwollen. Wir waren natürlich erschrocken, am meisten über den Zustand meiner Großeltern. ›Wie, weg?‹, fragten wir. ›Na, weg eben! Ganz weg! Nicht im Garten, nicht im Haus, nicht in der Hütte‹, sagte mein Opa. ›Nicht im Teich‹, fiel meine Oma ihm ins Wort.

Sie erzählten, dass sie nach ihm gerufen und überall gesucht hatten. Mein Opa hat in der ganzen Nachbarschaft nach dem Hund gefragt. Erst gegen Abend, als alles ruhig wurde, hörte Oma ein ganz leichtes Klopfen. Jedes Mal wenn sie ›Bonnie‹ rief, konnte sie es hören. Als sie dem Geräusch nachging, fand sie Bonnie hinter der Gartenhütte. Sie war mit ihrem T-Shirt an einem Nagel in der Hüttenwand hängen geblieben. Immer wenn sie ihren Namen hörte, freute sie sich und wedelte mit dem Schwanz, der dann gegen die Holzwand klopfte.«

Ich lachte laut.

»Lustig wird die Geschichte erst wirklich, wenn du dir vorstellst, wie mein Opa rufend durch das Dorf stolpert und die Nachbarn ihn fragten: ›Wie sieht er denn aus?‹ ›Ein brauner Setter im weißen T-Shirt!‹«

Es wurde ein sehr lustiges Picknick. Wir erzählten uns noch viele amüsante Episoden, erlebte oder gehörte.

»Schon wieder nach zwei!« Ich sprang auf.

»Ich bring dich!« Auch Martin sprang auf.

»Nein, nicht nötig, ist doch nicht weit«, widersprach ich, aber Martin hatte schon Schuhe und Jacke an.

»Da wird gar nicht diskutiert!«

In der Fußgängerzone griff Martin nach meiner Hand.

Fang nicht an zu schwitzen! Jetzt nicht!

Zärtlich streichelte er mit dem Daumen über meine Finger, während wir schweigend durch die nächtliche Stadt liefen.

Mir gingen tausend Sachen durch den Kopf, die sich doch alle zu einer einzigen formierten.

Küssen! Ich will ihn küssen! Warum küsst er mich nicht?

Vor meiner Haustür angekommen, drehte er sich zu mir. »Weißt du, Sina …« Er stockte. »Ich mag dich. Immerzu muss ich an dich denken.«

»Hört sich gut an und weiter?«, flüsterte ich und reckte mich ein wenig.

»Ich will nichts kaputt machen.« Wieder stockte er. »Nicht zu schnell sein. Du bist besonders – so anders«, sagte er heiser.

»Anders als wer?«, fragte ich leicht alarmiert.

»Meine Studienkolleginnen, meine Exfreundinnen. Einfach anders.«

»Gab es derer viele?«

»In meinem Semester waren siebzehn Studentinnen.«

Ich gab ihm einen leichten Klaps auf den Arm. »Du weißt, was ich meine.«

Seine Augen hatten wieder dieses Glitzern.

»Nein, nicht so viele.« Er war wieder ernst. »Und keine war so, so unbekümmert wie du.«

»Unbekümmert? Ich bin unbekümmert? Was soll denn das sein?«

»Vielleicht habe ich das nicht richtig ausgedrückt, ich meine unverfälscht und fröhlich. Ja, fröhlich.«

»Da hast du ja schon viel drüber nachgedacht.«

»Ich kann an nichts anderes mehr denken.« Er beugte sich zu mir runter. »Ich bin verrückt nach dir.« Er küsste mich auf die Haare.

Nicht auf die Haare, hier auf den Mund!

Ich schaute ihm in die Augen und streckte ihm meinen leicht gespitzten Mund entgegen.

»Lass es uns langsam angehen und dafür richtig. Ganz richtig.« Er nahm seinen Daumen und strich mir zärtlich über die Unterlippe. Dann drehte er sich um und ging.

Freitagmittag, endlich Wochenende!

In der Friedrichsau waren heute nur wenige Leute, die sich auf den Bänken zur Sonne ausrichteten. Der Ausee funkelte vielversprechend.

Einige Mütter beobachteten ihre kreischenden Kinder, die sich um ein Karussell balgten. Träge gegen die Sonne blinzelnd legte ich meine Beine schräg auf die Bank.

Das Leben war eines der besten! Ulm war schön! Die Trauer, nicht mehr in meiner geliebten Unistadt Freiburg zu sein, konnte ich gar nicht mehr nachvollziehen.

Es hatte mich voll erwischt. Fieberschauer liefen mein Rückgrat runter, wenn ich an Martin dachte. Ständig musste ich grinsen. Dann wieder versank ich in Tagträume und stellte mir alle möglichen und unmöglichen Situationen vor, in denen wir uns näherkamen. Ja, Ulm war schön. Die sieben Berge, hinter denen wahrscheinlich Schneewittchen wohnte, bei den sieben Schwaben. Die Grimms hatten nichts gefunden, was sich auf Schwaben reimt, also mussten wohl die Zwerge ran.

Ich war kurz vor dem Eindösen, als sich im schmalen Schlitz zwischen meinen fast geschlossenen Wimpern eine hochschwangere Frau materialisierte, die *direttamente* auf meine Bank zusteuerte.

Ich nahm zögernd meine Füße von der Bank. Da saß sie schon. Sie hatte sich, ohne schwer zu plumpsen, hingesetzt und redete auch nicht.

Seltsam. Normalerweise erzählten doch Schwangere schwer schnaufend jedem, der es nicht hören wollte, von ihren Gebrechen und Gelüsten, von ihren Hoffnungen und Erfahrungen.

Diese nicht.

Ihre Handtasche lag ganz dicht neben meiner Hand. Sie war verrutscht und ein Schlüsselbund lag auf der Erde. Ich bückte mich, um ihn aufzuheben. Als ich mich noch in gebeugter Stellung in Richtung Frau drehte, sah ich ihr verzerrtes Gesicht. Unsicher richtete ich mich auf und wusste nicht, wie ich ihr nun den Schlüssel reichen sollte, sie war immer noch in gekrümmter Haltung und meine Hand schwebte über ihrem Rücken.

»Umpf!«, umpfte sie.

»Wie bitte?«

»Ahh! Bitte helfen Sie mir!«

»Was kann ich für Sie tun?« Mein Telefontrainingskurs in den Semesterferien zahlte sich schon aus!

»Ich glaub, mein Baby kommt, schnell!«

Na, die wird doch nicht hier ...!

Heftig atmend krallte sich ihre Hand um meine, in der ich immer noch den Schlüssel hielt.

»Ämpf!«

Doch! Sieht ganz danach aus!

»Ganz ruhig bleiben, ich rufe einen Krankenwagen!«

Mit gepresster Stimme keuchte sie: »So viel Zeit haben wir, glaube ich, nicht mehr!«

Sie schien sich zwischen ihren Krämpfen kaum zu entspannen.

Wer ist wir?

Meine Arme waren doch viel zu kurz! Eigentlich hatte ich auch Tiermedizin studieren wollen, aber irgendjemand hatte mir eingeredet, meine Arme seien zu kurz – ungeeignet für Rektaluntersuchungen. Ich hatte es geglaubt und mich für ein körperunabhängiges Studium der Kommunikationswissenschaften entschieden. Was sich jetzt doch als nützlich herausstellte.

Ich erinnerte mich an ähnliche Situationen aus Film und Fernsehen – wilde Autofahrten mit schreienden Frauen, Nabelschnur durchbeißende Taxifahrer.

Mein Auto!

Es stand an der Donauhalle.

»Kommen Sie schnell, ich fahr Sie ins Krankenhaus!« Ich riss die Frau von der Bank hoch.

Geh nach Plan vor! Schritt eins: Frau ins Auto bringen, Schritt zwei: ins Krankenhaus fahren. Schritt drei: nicht unterwegs gebären.

Schritt eins scheiterte schon daran, dass die Frau sich vor Schmerzen kaum aufrichten konnte und gleich wieder zusammensackte.

Shit!

Ich versuchte sie wieder hochzuziehen.

Wie viele Kinder kriegt die denn?

Endlich hatte ich irgendwie meinen Arm unter ihren Oberkörper gedrängelt und konnte nun ihre linke Hand über meine linke Schulter ziehen. Ja, so konnte es gehen. Ihr Kopf hing auf meiner rechten Schulter und sie schnaufte gepresst. Ich schielte nach rechts und sah, dass ihr Gesicht zu einer Fratze verzerrt war. Das war eindeutig gruselig.

Oh bitte, lass es wegen der Schmerzen sein!

Ich konnte sehen, wie wir die Aufmerksamkeit einiger Mütter erregten. Die dachten anscheinend, ich hätte alles im Griff, und bewegten sich keinen Meter. Wir schleppten uns einige Schritte vorwärts.

»Umpfftsts!«

Weiter, weiter, immer weiter. Richtung Auto! Wenn das Kind im Auto kommt …!

Wieder Filmszenen in meinem Kopf: Blut, Schleim und wer weiß was noch alles! Ich schluckte bei dem Gedanken an mein Autochen!

Sie ächzte und schnaufte.

Plötzlich spürte ich, wie sich ihr Körper entspannte. Sie rang nach Atem und wir mussten stehen bleiben.

»Am besten holen Sie heißes Wasser und saubere Tücher!«

Ich zuckte zusammen.

Shit, Shit, Shit! Die will hier werfen!

Sollte ich ihr sagen, dass ich keinen Plan hatte? Ich drückte sie ein wenig weg, um sie anzuschauen.

Sie zwinkerte mir zu!

Die verscheißert mich!

Kaum zu glauben! Ich musterte sie genauer. Sie hatte meine Größe und kurze dunkle Haare, die ihr strähnig ins Gesicht hingen. Trotzdem konnte man ihr apartes Gesicht erkennen. Verzerrt zog sich ihr voller Mund zur Seite und sie versuchte zu lächeln.

»Es tut mir leid, es kam so überraschend«, sagte sie.

»Das war eigentlich mein Satz.«

Ihr linker Arm war bei mir eingehakt und presste den meinigen mit enormer Kraft. Sie krümmte sich wieder stöhnend. Mir wurde erst jetzt bewusst, welche Schmerzen sie empfinden musste.

Und ich war ihre einzige Hilfe! Ich zog sie etwas sanfter weiter.

»Alles klar! Wir sind da.«

Ich öffnete die Tür und versuchte sie so behutsam wie möglich in den Sportsitz meines Alfas fallen zu lassen.

Sportsitze stellten sich als völlig ungeeignet für den Gebärendentransport heraus.

Sie zögerte kurz und fragte, ob ich nicht was zum Unterlegen hätte. Zum ersten Mal regte sich in mir ein echtes Gefühl für sie. Es war Dankbarkeit! Die Sportsitze waren nämlich echt schön.

»Nein, ist egal jetzt!«, presste ich raus. »Geht's?« Ich rannte ums Auto, sprang auf den Sitz und startete. »Anschnallen auch noch?«, fragte ich vorsichtig und siehe da, ein müdes Lächeln erschien noch einmal und sie fingerte nach dem Gurt.

Es geht!

Sie bäumte sich stöhnend nach hinten.

Geht nicht!

Als meine alte Giulietta nach viermaligem röhrenden Startversuch endlich ansprang, fuhren wir in wahrlich atemberaubendem Tempo in Richtung Schritt zwei – Frauenklinik.

Wir fuhren und fuhren.

Bitte, bitte! Alles zusammenkneifen!

Beim Fahren reichte ich ihr meine rechte Hand und steuerte mit den Knien, damit ich mit links schalten konnte. Wenn das mein Vater sehen würde! Stolz wäre er! Er war früher Starfighter geflogen, bevor er zu Cargolux ging.

»Wer fliegen will, muss in Gefahrensituationen ruhig reagieren können!« War immer sein aufmunternder Kommentar und: »Runter kommen sie immer!«

Raus ja wohl auch!

»Wir haben es gleich, wir sind schon in der Platzrunde«, beruhigte ich sie.

»Urrrsch!«

Ein Bäumen nach vorn und der beherzte Griff eines Holzfällers holten mich wieder in die Realität. Mein Blick ging von der Straße in ihre Richtung. Ich dachte, mein Augenlicht müsse sich trüben, als sich plötzlich ein großer Fleck auf ihrer Hose und dem Fahrzeugboden zeigte!

»Nur Fruchtwasser«, hauchte sie.

Platzrunde!!! Zu wörtlich!

»Wir sind gleich da! Noch ein bisschen durchhalten! … Bitte!«

Schon fuhr ich an die Notaufnahme. Ein Herr in weißem Kittel kam auf uns zugerannt, der Pförtner.

»Do danna kennat's etta stau bleiba, Sie versperrat ja alles!«

»Wen? Sind doch nur wir.«

»Wenn jetzt dr Notarztwaga kommt!«

»Dann sind wir schon längst weg!«

Ich griff mir einen Rollstuhl und überlegte kurz, ob ich ihn um eine fahrbare Trage bitten sollte. Ließ es und schob zum Auto. Die Tür öffnend, zerrte ich am Arm der Frau, um sie in den Rollstuhl zu bugsieren. Als ich losrasen wollte, legte sich die Hand des Mannes auf das Gefährt.

»So etta, mei liabs Fräulein, Sie hand hier koin Zuatritt!«

»Ich bin mir dieser Tatsache völlig bewusst, trotzdem muss ich Sie bitten, zur Seite zu treten, das ist ein Notfall!«

Es sollte leise und eindringlich klingen. Das Wort »Notfall« war vielleicht ein bisschen laut gebrüllt.

»Des isch mir scheißegal, do goht's et nei! Sie müssat vonna nei!«

»Der ist auf der anderen Seite! Das schaffen wir nicht!«

Ich griff geübt in meine Seitentasche und zerrte meinen Presseausweis raus, den ich ihm mit den Worten: »Morgen können Sie sich in der Bildzeitung lesen!« unter die Nase stieß.

Wir hatten freie Bahn.

Sackgesicht!

Im Krankenhaus trafen wir dann auf einen freundlicheren Herrn im weißen Kittel.

»Baby im Anflug! Machen Sie was!«

Er griff sich beherzt den Rollstuhl.

Einige Gänge weiter waren wir in der Entbindungsstation.

»Warten Sie hier!«, sagte eine Schwester, nickte in Richtung Wartezimmer, nahm dem Mann den Rollstuhl aus der Hand und schob die Frau durch eine Tür.

Ich wollte hinterherdrängeln. Die Schwester drehte sich kurz zu mir um, sah mich streng an und nickte noch einmal in die gleiche Richtung.

»Na gut!«, murmelte ich leicht beleidigt.

Ich habe die Frau gefunden! Das ist meine Frau!

Hatte ich das laut gesagt? Der weiße Kittel war schon verschwunden.

Erschöpft setzte ich mich im Wartezimmer auf einen Stuhl. Fast gemütlich, dachte ich und betrachtete eine Weile den Raum. Nett! Man hatte versucht, für Ablenkung zu sorgen. Zeitschriften für unterschiedlichste Klientel lagen ordentlich gefächert auf dem Tisch und ich begann in einer PM zu blättern.

Nachdem ich zehn Minuten erfolglos versucht hatte, mich auf einen Artikel über die Intelligenz von Krähen zu konzentrieren, schaute ich mich weiter um. Ein Kaffeeautomat stand auf einem kleinen Regal. Das war genau das, was ich jetzt brauchte! Kaum röchelte es in den Becher, kam eine Krankenhausangestellte.

»Sind Sie die Schwester?«

Leicht irritiert schaute ich sie an. *Du bist doch die in Weiß!*

»Sind Sie nicht die Schwester von Frau Hecht?«

Sicherheitshalber nickte ich ganz langsam, um zur Not noch umreagieren zu können.

»Kommen Sie bitte, sie möchte mit Ihnen sprechen.«

Etwas zögerlich schlich ich hinterher. »Ist alles in Ordnung, mit dem Baby und so?«

»Das wird sie Ihnen gleich selbst erzählen. Bitte ziehen Sie die Schuhe und den Kittel an.«

Wir waren durch eine Art Schleuse gegangen. Angezogen wie Frau Doktor folgte ich ihr in einen kleinen Raum. Da lag »meine Frau« und lächelte mich an.

»Na dann wollen wir mal loslegen«, sagte ich und fing an, mir die Kittelärmel professionell aufzurollen.

Sie grinste mich an und klopfte mit der Hand neben sich aufs Bett. Ich hängte mich mit einer Hinterbacke auf dem Bettrand ein.

»Sie waren meine Rettung«, sagte sie ganz ruhig. »Das Baby liegt falsch, sie versuchen es nachher zu drehen oder holen es per Kaiserschnitt. Habe jetzt erst mal was gegen die Schmerzen bekommen.«

»War doch ganz klar, ganz selbstverständlich«, stotterte ich und schämte mich ein bisschen wegen der Bilder in meinem Kopf. »Nächstes Mal gern wieder!«

»Nathalie«, sagte sie und streckte mir ihre Hand hin.

»Sina, Ihre, äh, deine Schwester.«

Schmunzelnd ergriff ich ihre Hand und wir beide fingen an zu lachen.

»Könntest du mir noch einen Gefallen tun, Sina, und meinen Mann anrufen?«

Nathalie nannte mir die Telefonnummer seines Büros.

»Vielleicht ist er noch erreichbar und nicht schon unterwegs zu seinem Geschäftstermin. Wenn doch, lass dir von seiner Sekretärin seine Handynummer geben. Es wird sich eine Frau Graute melden, das ist seine Sekretärin. Harter Brocken. Es wäre schön, wenn Harry als Erster erfährt, dass ich im Krankenhaus bin.«

»Alles klar! Harte Brocken, meine Spezialität.«

Ich erinnerte mich an einige Interviews, die ich im Laufe der Zeit bei der Zeitung so geführt hatte.

»Bin gleich wieder da.« Vom Bett hüpfend, lächelte ich Nathalie noch einmal aufmunternd zu.

»Wo finde ich denn ein Telefon?«, fragte ich die Schwester auf dem Flur.

»Sie können im Schwesternzimmer telefonieren.«

Wunderbar! Noch ein Anruf und dann würde ich nach Hause gehen, mit dem Bewusstsein, eine gute Tat vollbracht zu haben.

»Rohrbau, Graute am Apparat.«

»Grüß Gott, hier spricht Sina Sänger, könnte ich bitte Herrn Hecht sprechen?«

»Herr Hecht ist nicht zu sprechen.«

»Hören Sie, ich muss ganz dringend mit Herrn Hecht sprechen!«

»Ich sagte Ihnen doch gerade, Herr Hecht ist nicht zu sprechen. Um was handelt es sich denn?«

»Das würde ich Herrn Hecht gern selber sagen, also bitte stellen Sie mich durch.«

»Wenn Sie es mir nicht sagen können, wird es so wichtig nicht sein.«

Ich glaubte mich verhört zu haben!

»Ich möchte jetzt sofort Herrn Hecht sprechen.«

»Herr Hecht ist nicht im Haus.«

»Ach ja? Wo ist er denn?«

»Dienstlich.«

»Und wo ist dienstlich?«

»Ich wüsste nicht, warum ich Ihnen das sagen sollte?«

»Weil ich ihn ganz dringend sprechen muss, Herrgott noch mal!«

»Herr Hecht befindet sich auf dem Weg zu einem Baustelleneinsatz. Kann es sein, dass Ihr Anruf etwas mit seiner schwangeren Frau zu tun hat? In diesem Fall gebe ich selbstverständlich Ihre Nachricht an Herrn Hecht weiter. Ich vermute dies, da wir mehrmals versucht haben, sie zu erreichen, aber sie ging ja nie ans Telefon.«

Ihr Tonfall deutete an, dass sie »typisch« sagen wollte. Bestimmt hatte sie ganz schmale Lippen, die sich in diesem Moment nach vorn spitzten, um alles Fleisch in ihnen auf einen Punkt zu konzentrieren, in dem fest verankerten Glauben, dass eigentlich sie die bessere Frau Hecht wäre.

»Da wird er doch sicher sein Handy dabeihaben, oder?«

»Sicher hat Herr Hecht sein Handy dabei.«

»Würden Sie mir gütigerweise auch die Nummer geben?«

»Die darf ich Ihnen nicht sagen, die ist nur für Notfälle!«

»Hören Sie mal, Sie Graupe, gut, dass Herr Hecht ein Handy hat, auf dem man ihn nicht anrufen kann. Geben Sie mir jetzt sofort die Nummer, das ist ein Notfall!«

»Graute ist mein Name, Graute! Um welche Art Notfall handelt es sich?«

Nein, von mir würde sie es nicht erfahren, nicht von mir! Ich hatte heute schon größere Probleme gelöst als die Telefonnummer eines Mannes herauszubekommen.

»Hören Sie!«, sagte ich ganz langsam, um mich selbst zu beruhigen, »Sie geben mir jetzt sofort die Nummer oder ich komme vorbei und Sie erleben Ihr blaues Wunder!«

Es schien zu wirken. Die Graupe rasselte die Nummer herunter, schnaufte »auf Wiederhören!« und legte auf.

Toller Service!

Wenn ich allerdings etwas von meinem Piloten-Vater gelernt hatte, dann mir blitzschnell Informationen zu merken und exakt wiederzugeben. Ich wählte.

»Hecht.«

»Grüß Gott, Herr Hecht, hier spricht Sina Sänger, ich rufe im Auftrag Ihrer Frau an, die sich gerade in den Wehen befindet.«

»Ach jemine! Es sind doch noch sechs Tage Zeit! Ich bin auf dem Weg nach Polen!«, panikte er.

Panik überfiel auch mich!

Der ist schon kurz vor Warschau!

»Nach Polen, wieso fahren Sie denn nach Polen? Ihre Frau kriegt ein Kind! Na sauber! Was gibt es da Wichtigeres?«

»Doch nicht heute! Gerade heute, wo ich nach Polen muss, heute ist doch Tag der deutsch-polnischen Freundschaft, die Feierlichkeiten, meine Rede, ich soll doch Weißwurscht mitbringen. Gerade heute!« Pure Verzweiflung. »Selbst wenn ich jetzt umdrehe, schaffe ich es nicht vor zwei bis drei Stunden. Ich bin auf der A 9 kurz nach Bayreuth. Himmelkron, da dreh ich um! Dann schaff ich es noch, oder?«

»Es dauert eh noch, kann sich echt noch ziehen«, beruhigte ich ihn.

Kumpelhaft gab ich mein gerade erworbenes medizinisches Fachwissen zum Besten.

»Es gibt nämlich Komplikationen!«

»Wie?«

»Das Kind hat sich nicht gedreht, der Muttermund ist noch nicht weit genug offen und die Herztöne sind auch nicht das, was sie sein sollten.«

»Auch das noch!«, stöhnte er.

Beruhigung misslungen!

»Nein, nein, sie haben alles im Griff, entweder drehen oder Kaiserschnitt, machen Sie sich man keine Sorgen!«, erzählte ich schnell und hörte mich dann auch schon sagen: »Ich bin ja da! Wir schaffen das schon!«

Nach einer kurzen Pause, in der er bestimmt sein Namensregister durchpflügt hatte auf der Suche nach »Sänger«, kam dann ein vorsichtiges: »Wer, wer sind Sie eigentlich?«

»Ich habe Ihre Frau im Park gefunden!«, sagte ich stolz.

»Wie bitte?«

»Machen Sie sich jetzt mal keine Sorgen, ich geh zu Ihrer Frau und sag, dass Sie auf dem Weg sind, und Sie fahren vorsichtig zurück!«

»Ja, gut!« Päuschen. »Die Kinder!«

»Welche Kinder?«

»Na, unsere anderen zwei: Alexander und Benjamin! Die sind in der Schule und im Kindergarten.«

»Okay, das müssen wir von hier aus regeln. Keine Sorge! ich kümmere mich drum.«

»Danke!«

Beruhigt. Er. Ich nicht!

»Kein Thema! Bis nachher!«

Als ich ins Zimmer zurückkam, hatten offensichtlich Nathalies Wehen wieder eingesetzt und eine Hebamme war gerade dabei, ihr ausführlich zwischen die Knie zu schauen. Sie schaute kurz auf und nickte mir freundlich zu.

Ich stürmte sofort an Nathalies Kopfende und berichtete in aller Ausführlichkeit von meinem Sieg über Frau Graute und Harrys Bestürzung, um sie und mich ein bisschen abzulenken. Nur dass Harry nicht wusste, wer ich war, ließ ich im Hinblick auf unsere »Schwesternlüge« vor der Hebamme aus.

»Könntest du noch meine Schwiegermutter anrufen, dass sie sich um die Kinder kümmert? Der zweite Hecht in der Stadt – im Telefonbuch.«

»Mach ich sofort.«

Dieses Mal ging es völlig sachlich und komplikationslos über die Bühne. Die Schwiegermutter versprach, sich um die Kinder zu kümmern, und wir sollten uns keine Sorgen machen.

Auf dem Flur trödelte ich erst mal wieder in das Wartezimmer. Die Hebamme musste ja mit ihrer Inspektion bald fertig sein und wieder rauskommen. Ich nahm mir wieder das PM-Magazin und setzte mich auf die Couch.

»Wo sind Sie denn? Es geht los!«

Erschrocken fuhr ich hoch und mir wurde schwarz vor Augen. Ich musste kurz eingenickt sein. Schon schob mich die Hebamme in das Zimmer zurück. Nathalie lag mittlerweile völlig verschwitzt auf einer Gummimatte im Bett.

»Sina, wo warst du denn?«, fragte sie und streckte mir die Hand hin.

»Wie weit bist du?«

»Wir haben das Kind vor einer Stunde drehen können und nun haben schon die Presswehen eingesetzt«, antwortete die Hebamme.

Vor einer Stunde! Das war aber ein ausgiebiges Nickerchen, und eigentlich wollte ich schon längst gegangen sein.

»Also, Nathalie, alles klar mit den Kindern, ich pack's dann.«

Sie drückte meine Hand und ihr ganzer Körper spannte sich wie ein Bogen. Ihr Kopf war hochrot und lag auf ihrer Brust. Ihr Keuchen wurde stärker und so der Druck auf meine Hand.

»Gut so! Weiter so!«, ermunterte die Hebamme und Nathalie presste weiter.

Sie ächzte und stöhnte und mir fiel ein, dass Oma Hilde zum Thema Kinderkriegen mich einmal kurz und bündig aufgeklärt hatte: »Des isch, als ob ma an Ziegelstoi scheißt.« Und genau danach sah es aus!

Mit einem erleichterten Schnaufen Nathalies ließ die Wehe nach.

»Das Köpfchen steckt schon, wollen Sie es sehen?«

Diesmal galt die Aufmunterung mir. Wahrscheinlich hatte ich so angestrengt geschaut, dass sie sich dazu bemüßigt fühlte.

»Ach nö, ist schon gut!«, stotterte ich und schaute Nathalie unsicher an.

Sie blickte auf, versuchte zu lächeln und nickte auffordernd.

Wollte ich das wirklich sehen? Also gut! Wer konnte von sich als Frau schon sagen, bei einer Geburt vor *dem Bett dabei gewesen zu sein?*

Vorsichtig ließ ich ihre Hand los und stellte mich neben die Hebamme. In diesem Moment hatte Nathalie wieder eine Wehe, bäumte sich auf und ich sah etwas aus ihr herausgleiten. Die Hebamme fing das Ding auf und drehte es sofort in ihrer Hand auf den Bauch.

Ein lebendiges Stück Fleisch, das sich auf die Welt gequetscht hatte.

»Ein Junge!«, stellte die Hebamme fest.

Ein Junge!

»Wollen Sie die Nabelschnur durchschneiden?«

Und schon drückte sie mir die Schere in die Hand.

Bäh! Echt? Nee!

Meiner aufsteigenden Sentimentalität entfuhr sogleich die Luft.

Verunsichert schaute ich zu Nathalie. Sie sah schon wieder recht entspannt aus und nickte wieder auffordernd.

Okay, Augen zu und durch!

Ritsch!

Du hast Fleisch verselbständigt. Das ist ja cool.

Mir stiegen nun doch Tränen in die Augen. Das Baby wurde in Nathalies Arme gelegt und sie strahlte es an.

»Hallo, mein Kleiner! Ich bin deine Mama«, sagte sie mit einem Blick auf mich, »und das ist meine Freundin Sina.«

Obercool!

Ein dicker Kloß schien vom Hals aus auf meine Tränendrüsen zu drücken. Mein Gesicht faltete sich ungewollt und meine Oberlippe begann zu zittern. Ich fing an zu heulen. Noch mit der blutigen Schere in der Hand rieb ich mir über die Augen. Auf das winzig wirkende Wesen schauend, auf seine Händchen und die dünnen Ärmchen.

Wir hatten es geschafft. Wir!

Das Kind war gesund. Ich auch.

Schluchzend setzte ich mich aufs Bett. In dem Moment ging die Tür auf.

»Harry!« Nathalie strahlte.

Verschwommenen Blickes schaute ich zur Tür und sah Michael Landon oder besser Charles Ingalls die Klinke in der Hand halten.

»Was ist denn hier los?«, fragte Ingalls breit grinsend und nickte in meine Richtung.

Nathalie folgte seinem Blick und fing an zu lachen.

Um bessere Sicht zu haben, rieb ich mir die Augen, immer noch die blutige Schere in der Hand. Vor Schreck löste sich mein Kloß auf.

Harry steuerte von der A 9 auf seine Frau zu. »Hättest ja auch noch warten können bis morgen«, grinste er und gab ihr einen dicken Kuss.

Nathalie rollte mit den Augen und schmunzelte.

So also sieht Familienglück aus! Kein Wunder, diese Schwangeren-Vorfreude!

»Ja, wer bist denn du, kleines Fröschlein?« Harry beugte sich zu dem Baby. »Du bist ja ein ganz Süßer!«, konnte er noch sagen und dann versagte ihm die Stimme.

Er nahm das Baby in den Arm, küsste Nathalie noch einmal und fing an zu schluchzen.

Mit einem unterdrückten, doch eindeutig hörbaren Ächzer fiel ich in die Schluchzerei ein.

Das wiederum schien Harry zu irritieren. »Was stimmt denn mit der nicht?«

Nathalie gab ihm lächelnd einen Klaps auf den Arm.

Noch ehe sie antworten konnte, schniefte ich: »Wochenbettdepression!«

Nachdem wir uns beruhigt hatten, die beiden wieder mit sich und dem Kind beschäftigt waren, murmelte ich etwas von »Gesicht pudern« und schlich aus dem Raum.

Als es mir langweilig wurde, beschloss ich, mich zu verabschieden, und ging wieder ins Zimmer zurück. Harry saß auf dem Bett, Nathalie hatte das Baby im Arm und beide lächelten mir entgegen.

Vorsichtig stand Harry auf, reichte mir die Hand und sagte: »Harry, Harry Hecht.«

»Sina, Sina Sänger, wir hatten das Vergnügen am Telefon.«

Peinlich berührt wollte er eine Entschuldigung stammeln, als Nathalie ihm ins Wort fiel: »Ich habe Harry alles erzählt, und wir sind dir so dankbar, deshalb haben wir uns entschlossen, dass du den Namen aussuchen sollst«, sprudelte sie hervor.

Ach du liebe Güte!

»Ich habe bei der Schnapsidee zugestimmt und möchte zum Bedenken einwerfen, dass wir uns unsere Kinder immer in alphabetischer Reihenfolge gewünscht haben!«

»Harry, lass doch! Sina soll sich völlig frei entscheiden!«

»Wir tendierten zu Clemens oder Corbinian.«

»Harry, lass sie!«

»Corbinian Hecht, Clemens Hecht«, murmelte ich vor mich hin und fing an zu schwitzen.

Meine Gedanken trudelten durcheinander. So ein Name war Verpflichtung! Mir kamen nur Rockstars in den Sinn. Man kann doch so ein kleines Wesen nicht »Mick« nennen oder »Freddy«. »Rod Hecht« geht ja auch wirklich gar nicht. Außerdem: die alphabetische Regel! Schade! Sonst hätte man ja mal innovativ sein können: Niedecken Hecht. »Niedecken, geh in dein Zimmer!« Na gut, die Regel beachten!

»Wie wäre es denn mit Charly?«

Bei Charly verzog Harry schon das Antlitz. Nach unten.

»Vielleicht Christian?«

»Christian Hecht. Was meinst du, Harry?«

Nathalie hatte das verzogene Gesicht ihres Mannes gesehen.

Der schaute auf das Baby und brabbelte es an: »Bist du ein Chris, du kleiner Pupser?«

Nathalie strahlte mich an und hielt mir die Hand hin.

Ich blieb noch ein paar Minuten, bis Chris sich an Chris gewöhnt hatte und ich mich an meine Rolle als Schwangere-Frau-Finderin-Geburtshelferin-Freundin-Babybetitlerin.

»Du kommst morgen doch wieder!«, forderte Nathalie.

Harry zwinkerte mir zu. »Klar kommst du wieder und dann feuchten wir das Ereignis etwas an.«

»Genau, machen wir!«, sagte ich.

Zuhause rief ich Martin an. »Kann ich vorbeikommen? Ich habe gerade entbunden!«

»Der Hamster? Du? Scheinschwanger? Sturzgeburt?«

»Nicht ich selber, du Dussel!«

»Gott sei Dank! Komm ruhig vorbei!«

»Ich habe aber einen Mordshunger.«

»Okay, ich bestell schon mal die Pizza!«

Beim zweiten Glas Wein musste Martin meine Entbindungsgeschichte nochmal anhören, und bei jedem Nachschenken begann sie wieder von vorn und wurde immer detaillierter. Als ich zum vierten Mal zum Durchtrennen der Nabelschnur ansetzte und dabei mit Zeige- und Mittelfinger Schneidebewegungen vor Martins Gesicht machte, nahm er meine Hand und küsste sie auf die Innenfläche.

Igitt, nicht meine blutigen Hände!

Zärtlich strich er mir mit der anderen Hand eine Strähne aus der Stirn, zog mich zu sich heran und küsste mich. Meine Wahrnehmung war alkoholbedingt etwas erlahmt, dann folgte Erstaunen, Erstarren, Erregen.

Mein Gott, das war Martin …

Verschwommene Bilder tauchten auf: Dammschnitte wie von Heckenscheren.

Wären sicher süße Kinder …

Kapitel 2 | *Nathalie*

Eine Seite und zehn Jahre später.

Ich hatte eine Wahnsinnsnacht im Bett hinter mir, was gemeinhin bei einer Frau die physische und psychische Erfüllung aller Wünsche durch einen Mann bedeutet. Das i-Tüpfelchen nach dem Erwachen: beim Abtasten der anderen Betthälfte nicht ins Leere zu greifen.

Ich erwachte heute Morgen allein, Harry hatte mich verlassen, um ins Badezimmer zu gehen, um sich in fünfundvierzig Minuten von Woody Allen in Michael Landon zu verwandeln – Eitelkeit pur.

Mir genügte die Wende von ungewaschen in zivilisiert.

Harry, der jede Nacht an meiner Seite lag, war mein Ehemann, was natürlich eine heiße Nacht nicht grundsätzlich ausschließt. Allerdings, heiß war sie nur für mich gewesen, ich schwitzte wie eine Salatpflanze unter einer Aufzuchtfolie. Ich hatte Gliederschmerzen und ein Stechen im Kopf. In der Nase kribbelte es, ich fühlte mich schlapp und kam nicht aus den Federn. Mit einem Wort – erledigt! Wie aus weiter Ferne hörte ich das Surren von Harrys Rasierapparat. Ich warf einen kurzen Blick auf die Zeitanzeige des Radioweckers, gab mir noch ein paar Minuten und war wieder am Einnicken, als die Schlafzimmertüre mit einem kurzen Klopfen aufgerissen wurde.

»Guten Morgen, Mama, machst du heute kein Frühstück?«, fragte Chris und blieb an der Tür stehen.

Ich schilderte ihm meinen Zustand, als Alex, unser Ältester, hinzukam.

»Das kenn ich, man fühlt sich lausig«, sagte er und nickte einfühlend.

»Das gibt sich wieder im Laufe des Tages, und wenn du noch einen Rollmops zu dir nimmst, stehst du wieder wie eine Eins.«

»Allein bei der Vorstellung könnte ich ko... Und deine Ferndiagnose ist ein Irrtum. Hätte ich gestern Abend getrunken, wüsste ich wenigstens, warum es mir schlecht geht.«

Zu guter Letzt schob sich Benni zwischen seine Brüder. Auch er blieb abrupt in der Tür stehen, als hätte ich Eiterbeulen.

»Mama glaubt, sie wird vielleicht krank«, klärte Chris ihn auf.

»Da gibt's doch so ne Medizin, ... ›akut‹ ... ›forte‹ oder so. Oder dieses ... ›night‹ für den Tag.

»Danke, mein Schatz, zu Risiken und Nebenwirkungen ... lesen Sie auf keinen Fall den Beipackzettel, sondern fragen Sie Ihre Kinder.«

Der »ABC-Alarm« lief auf Hochtouren.

Harrys Wunsch, bis zum nächsten Vokal weiterzuzeugen, hatte ich boykottiert. Für mich kam nur noch das »O« in Frage, »O« wie Operation ... Ein kleiner Schnitt für die Frau, ein großer für deren Freiheit.

Meine erste Schwangerschaft war mir zugestoßen, weil ich mich bei der Verhütung auf Harry verließ. Ich will ihm keine Mutwilligkeit unterstellen, Mann hat nicht alles in der Hand. So nannte ich Alex unser »Opi-Kind« – ohne Pille.

Für Benni haben wir uns ganz bewusst entschieden, ich legte – wie es zu der Zeit noch üblich war – eine Pillenpause ein, also war Benni ein »Pipa-Kind«, und Nummer drei kam trotz der kleinen Tabletten, so wurde es unser »Tropi-Kind«.

Obwohl die Gewöhnungsphase an meinen Umstand Nummer drei etwas länger war – sagen wir mal so etwa acht Monate –, war Chris willkommen. Mit dieser Schwangerschaft hätte ich mich noch eher angefreundet, wenn sicher gewesen wäre, dass diesem Kind etwas fehlte. Ich hatte schon drei Stehpinkler. Eine kleine weibliche Verstärkung wäre auch ganz nett gewesen. Die Ultraschalluntersuchungen verhießen in dieser Hinsicht nichts Gutes. Ich hoffte bis zur Entbindung, der Daumen von Herrn Ruske, meines Frauenarztes, wäre in die Aufnahme gerutscht, als er mich bei der Untersuchung auf dieses gewisse Etwas im Bild aufmerksam machte. Daumenkino quasi.

Als ich aber Chris käseschmierig und blutig im Arm hielt, war ich glücklich. Ich wäre bei einem Mädchen nur unerheblich glücklicher gewesen. Ich erschrak zwar im ersten Moment über sein Hautbild, voller Pusteln und Pickelchen, und von wegen rosige Hautfarbe, wie man Säuglinge immer beschrieb – rosig hatte ich keinen meiner Jungs in Erinnerung. Diese zarte Farbe am Nachwuchs hatte ich nur einmal gesehen – bei einem Wurf Ferkel auf dem Bauernhof von Harrys Onkel Hans.

Onkel Hans war der Bruder von Harrys Vater und hatte nach Aussage seiner Eltern schon als kleiner Junge Fernweh, was angesichts eines 300-Seelen-Dorfes bei Memmingen, in dem er aufwuchs, nicht verwunderlich war. Wahrscheinlich hatte man ihm zu oft »Hänschen klein« vorgesungen, meinte Harry. Ohne Stock und ohne Hut ging er mit Mitte zwanzig als Maschinenbauingenieur mit mäßigem Abschluss zu einer Firma, die riesige Pumpanlagen auf der ganzen Welt installierte. Der Opa von Harry bemerkte scherzhaft, dass sein Sohn im Anpumpen während der Studienzeit bereits Erfahrung sammeln konnte.

Aber natürlich waren die Eltern stolz auf den beruflichen Erfolg ihres Hans', den sie aus dem Inhalt seiner Briefe entnahmen, die Hans regelmäßig an sie schrieb, oder den sie vielmehr hineininterpretierten.

Harry war neun Jahre alt, als sein Onkel Richtung Asien davonflog, aber der Kontakt brach nie ab. Im Gegenteil, als Harry älter wurde, wurden die Briefe seines Onkels immer detaillierter und es lagen regelmäßig Fotos von Land und Leuten bei. In kindgerechten Formulierungen an seinen Neffen konnte man lesen: »Es ist heiß hier, das Bohren geht voran, die Leute sind nett.« Später war »heiß« nicht mehr klimabezogen, wenn er »nett« schrieb, meinte er ausschließlich

Frauen und auch die Bohrarbeiten bekamen irgendwie eine andere Bedeutung.

Hans kam jedes Jahr zu Weihnachten nach Hause, freute sich, dass Harry so gut gedieh, die Schule ordentlich hinter sich brachte, einen Beruf erlernte und zur obligatorischen Verwandtenrunde am zweiten Weihnachtsfeiertag immer ein Mädchen mitbrachte, und zwar jedes Jahr ein anderes.

Auch ich lernte Onkel Hans an einem 26. Dezember kennen. Er unterhielt an diesem Nachmittag in wahrhaftigem Schwäbisch die gesamte Sippe mit seinen Weibergeschichten, wie Opa Hecht sie abfällig nannte, aber seinen Sohn mit »Woisch no oine?« immer wieder zum Weitererzählen animierte. Ich fand Onkel Hans lustig, unterhaltsam und charmant. Doch ich hatte das Gefühl, dass er nicht wirklich sorgenfrei und zufrieden war, auch wenn er begeistert und fesselnd aus seinem Berufsalltag und seinem Privatleben erzählte. Die Geschichten über all die Frauen erinnerten mich an Oberst Böckl aus den Sissi-Filmen. Neues Land, neue Sprache, neue Liebe, aber ohne Happy End.

Ein Weihnachten später war Onkel Hans wieder da – für immer. Die Ankündigung seiner Rückkehr nach achtzehn Jahren schlug hohe Wellen in der Familie. Die Eltern waren glücklich, dass Hans erst mal bei ihnen unterkommen wollte und ihnen bei der Arbeit auf dem Hof, den sie immer noch führten, unter die Arme greifen wollte. Und wie es dann auch eintrat, hofften sie insgeheim schon damals, er würde die kleine Landwirtschaft fortführen.

Der erste telefonische Kontakt nach seiner Rückkehr war nur kurz. Die Begründung für seine Rückkehr ebenso. Er hätte genug von Sand und Wasser und er brauche den Wechsel der Jahreszeiten hier und überhaupt … So ließ er den Satz stehen. Als ich ihn auf seine völkerumfassenden weiblichen Verbindungen ansprach, tat er dies mit einem »Pfff« ab. Seine einzige große Liebe hätte sich eh nicht erfüllt und »ach«. Auch diesen Satz ließ er unvollendet.

Harry, mit dem ich über dieses Telefonat sprach, war ebenfalls erstaunt, dass Hans nur in einer Einzigen seine große Liebe gesehen hatte. Er grübelte, ob es die pflegeleichte und akrobatische Asiatin war, wie Hans sie charakterisierte. Die, die vorne »Mi« hieß und hinten »Ran«, wie Harry spöttelte. Oder ob er Milumbe oder Loreley meinte, oder vielleicht Fernanda aus Südamerika.

Es wird doch nicht die gewesen sein, die im Männercamp in irgendeiner Wüste als einzige Frau beschäftigt war. Die, die er anfangs als unglaublich hässlich geschildert hatte. In einem Brief sechs Wochen später konnten wir lesen: »Also, so hässlich ist sie eigentlich doch nicht.« Und im nächsten Brief, noch einige sexfreie Wochen später, wurde sie von Hans als geradezu attraktiv beschrieben.

Darüber wollten wir uns nicht weiter den Kopf zerbrechen. Er war wieder zuhause und alle freuten sich darüber.

Erst als Onkel Hans uns lange Zeit später besuchte und die Vorräte unserer alkoholischen Getränke um eine Flasche Whisky dezimierte, erfuhren wir die Geschichte seiner einzigen großen Liebe. »Sie war auch aus Deutschland«, erklärte er uns mit schwerer Zunge. »Ich nannte sie Loreley.«

»Wahrscheinlich vom Rhein«, flüsterte Harry mir zu.

»Woisch, des hod passd. Alles, woisch. Inna, außa, oba und vor allem onda, du woisch, was i moi«, meinte er zwinkernd zu Harry.

»Ja und weiter?«, bohrte Harry nach.

Onkel Hans fing an zu weinen.

»Das hast du nun davon!«, fuhr ich Harry an. »Das ist zu viel für ihn!«

»Du hast ihm doch den ganzen Whisky gegeben«, verteidigte sich Harry.

»Ich meine ja auch nicht den Whisky, sondern deine Fragerei.«

»Ist schon gut.« Onkel Hans richtete sich auf und bemühte sich um eine klare Sprache. »Es gab ein Missverständnis. Ein Blondes mit unglaublich …« Er hob seine beiden Hände auf Brusthöhe, blickte auf seine Handinnenflächen und spreizte alle Finger.

»Schon klar, so wie's aussieht, hatte sie Gicht«, witzelte Harry etwas hilflos, um die Situation etwas zu entspannen.

»Auf jeden Fall«, fuhr Onkel Hans fort, »war's nicht, wie es aussah. Für Loreley aber schon. Sie rannte davon und ich holte sie nicht zurück. Nach drei Tagen hatte ich erst wieder arbeitsfrei und wollte die Sache klären.« Er schluckte. »Sie war nicht mehr da … weg. Nicht verschwunden, sondern …« Er schluckte wieder, diesmal Whisky, »… sondern tot.«

Harry und ich sahen uns bestürzt an und schwiegen.

»Rebellen überfielen in derselben Nacht das Dorf. Das Haus, in dem sie lebte und arbeitete, war abgebrannt und … und man hat niemanden lebend gefunden.«

Egal, auch wenn mein Kind keine Haut wie Alabaster hatte, es war gesund, und Sina, die mit diesem Kind als unfreiwillige Geburtshelferin in mein Leben trat, fand diesen Säugling vom ersten Augenblick an »süß«. Es fehlte ihr der direkte Vergleich oder aus ihr sprach das pure Mitleid oder sie stand unter dem Schock der Geburt. Egal, ihr Urteil freute mich, ich war ihr dankbar, dass sie mir so hilfreich zur Seite gestanden hatte und in unser Leben einbrach wie ein Meteorit. Für meine Söhne, vor allem natürlich Chris – sie war seine Patentante geworden – war sie die regelmäßig auftauchende Wünsch-dir-was-Sternschnuppe.

Harry fürchtete anfangs einen negativen Einfluss, da ihm Sina »dreist, penetrant und rastlos« erschien. Später nannte er das »forsch, durchsetzungsfähig und tüchtig«.

Als ich damals in meinem Bett aus dem Kreißsaal geschoben wurde, stand für mich fest, dass dies familienplanungstechnisch das Finale war. Jetzt gab es nur noch Trennung und zwar die *Durch*trennung beider Eileiter.

Mein Arzt Dr. Ruske hatte mir erst abgeraten: »Bei Frauen in Ihrem Alter, Sie sind gerade mal dreißig, machen wir das eigentlich nicht. Was, wenn später wieder Kinderwunsch besteht«, gab er zu bedenken. »Es wäre sinnvoller, die Samenleiter Ihres Mannes unterbrechen zu lassen«, sagte er und fügte an: »Die Reversibilitätschancen sind hier groß.«

»Ah ja«, nickte ich und nahm mir vor, ohne klinisches Wörterbuch keinen Arzt mehr aufzusuchen.

»Das bedeutet«, fuhr er fort, »dass man die Sterilisation bei einem Mann wieder rückgängig machen kann.«

»Sie missverstehen mich«, entgegnete ich ihm. »*Ich* will kein weiteres Kind, was nützt es da, wenn mein Mann zeugungsunfähig ist?«

Dr. Ruske war wegen dieses Einwandes leicht irritiert.

»War nur ein Scherz, Herr Doktor.«

Harry machte mich in jeglicher Hinsicht glücklich. In dieser Zeit, mit einem Fünf-Personen-Haushalt, darunter ein Säugling, assoziierte ich den Ausspruch »Ich besorg's dir« eh nur mit Einkaufen. Hoffentlich bestanden da Reversibilitätschancen.

Selbstverständlich hatte ich darüber nachgedacht, Harry zur Sterilisation unters Messer zu liefern, und ihn darauf angesprochen. Seinen Gesichtsausdruck dabei werde ich nie vergessen. Aus seinen Augen sprach das blanke Entsetzen, als hätte ich ihm eröffnet, er würde seiner gesamten inneren und äußeren Genitalien beraubt. Er verwechselte, wie mir schien, Sterilisation mit Kastration.

»Samenleiter unterbrechen?«, stieß er hervor. »Nicht eine einzige Sprosse lasse ich mir entfernen!«

Ich unterzog mich der OP. Irreversibel.

Ich dachte, aus drei Jungs »anständige« Erwachsene zu machen, ihnen unsere Grundsätze zu vermitteln, sie für ein selbständiges Dasein zu rüsten und sie dann in ihr eigenes Leben zu entlassen, wäre Aufgabe genug. Darauf freute ich mich jetzt schon. Ich konnte mir ein Comeback als Nur-Ehefrau und Teilzeitberufstätige sehr gut vorstellen.

Zahlreiche Tage und Nächte verbrachte ich mit den berühmten drei »K«: Kacke, Krach und Kotze. Manche nannten es die drei »S«: Scheißen, Schreien, Spucken. Mit der Geburt von Alex sollte kein Tag mehr vergehen, an dem ich länger als zwanzig Minuten alleine war – und das nur in einem kleinen Raum, der außer fließend Wasser und einer Sitzgelegenheit nichts zu bieten hatte.

Da ich von der Schulbank weg sozusagen direkt in den Kreißsaal geschoben wurde, hatte ich hin und wieder das Gefühl, nirgendwo Spuren meines Lebens zu hinterlassen. Berufliche Anerkennung würde mir lebenslang versagt bleiben, denn ich würde all die kommenden Jahre nur zuhause herumhocken. Ich fühlte mich schlecht bei dem Gedanken, dass kein Chef mir zu langjähriger Betriebszugehörigkeit würde gratulieren können, dass nicht eine vergilbte Akte mit meinem Kürzel in einem verstaubten Archiv zu finden sein würde. Ich hatte den Wiedereinstieg längst verpasst. Wiedereinstieg? Pah, ich war nie wirklich »drin« gewesen. Ich befürchtete, über mich wäre nicht mehr zu berichten als: »Aber ein ordentliches Haus hatte sie, und immer saubere Kinder.« Selbst mein Hobby, das Malen, verhalf mir nicht zu ausreichender Bestätigung, obwohl ich in Sina eine treue Abnehmerin meiner Bilder fand. Meine Eltern erwarben ebenfalls immer wieder ein Werk. Einige Aquarelle hingen bei ihnen im Wohnzimmer zwischen den Zinntellern, einem Trockengesteck und dem Messingbarometer.

Ich entschloss mich, meinen erbärmlichen Zustand heute Morgen zu ignorieren, schlug entnervt die Bettdecke zurück, stand auf und ging nach unten. Um meinem Leiden auch äußerlich Ausdruck zu verleihen, zerwühlte ich gewissenhaft mein Haar. Denn was Harry nicht sehen konnte, war für ihn nicht existent. Ich erinnerte mich noch einmal an Alex' Tipp mit dem Rollmops, denn der Gedanke daran verlieh mir möglicherweise einen zartgrünen Teint.

Am besten, ich übergab mich vor Harry, das machte mich glaubwürdig.

»Morgen, mein Schatz, warum bist du denn nicht liegen geblieben?«, begrüßte mich Harry.

Er saß mittlerweile am Esstisch, vor sich nichts außer einem nackten Wecken und der Tageszeitung. Nicht einmal einen Kaffee hatte er sich aufgebrüht.

»Schlechte Nacht gehabt, was? Du siehst nicht gut aus.«

Das konnte man von ihm nun wieder ganz und gar nicht behaupten. Er wirkte ekelhaft frisch.

»Die Jungs haben es dir erzählt?«

»Nee, ich habe es mitbekommen, du warst fürchterlich unruhig und bist ja einige Male aufgestanden.«

Aha, dabei hatte er die ganze Zeit so getan, als schliefe er tief und fest.

»Leg dich doch wieder hin, deiner Arbeitswut kannst du nachmittags noch freien Lauf lassen«, murmelte er, wieder in seine Zeitung vertieft.

»Kann ich nicht, da liege ich nämlich im Fieberdelirium.«

»Ist aber nicht gesund, so ein Solarium.«

»Nur wenn man es um Mitternacht benützt, dazu ein Lied von Heino anstimmt und gleichzeitig in Hintergrunzenbach der Strom ausfällt«, antwortete ich zynisch.

Er hatte mir nicht zugehört.

»Nein, im Ernst! Solarien sind nicht ungefährlich.«

Er ritt sich immer tiefer rein mit seiner Unaufmerksamkeit. Ich gab das Thema auf.

»Warum muss denn dein armes Weckle ohne Belag und ohne Teller auf dem Tisch liegen?«, fragte ich.

»Es ist kein Teller mehr im Schrank und die Spülmaschine ist noch nicht ausgeräumt.«

Klang seine Stimme vorwurfsvoll oder war ich nur aufgrund meines Schlafdefizites etwas empfindlich?

»Und Wurst, Käse, Marmelade? Hast du den Kühlschrank nicht gefunden?«, bohrte ich weiter.

»Kann es sein, dass du deine Periode bekommst?«

»Nein, bekomme ich noch nicht, mein Hormonhaushalt ist im Gleichgewicht«, verteidigte ich mich.

»Wie ich sehe, ist es aber auch nur dieser Haushalt«, sagte Harry und schielte in die Küche, in Richtung Herd und Spüle, die beide voll mit Kochtöpfen und Geschirr standen.

Ich musste zugeben, auch mir gefiel das Chaos nicht. Dass ich mich gestern unwohl gefühlt hatte und deswegen unverrichteter Dinge früh zu Bett gegangen war, hätte meine Familie nur bemerkt, wenn ich den Fernseher mitgenommen hätte.

Ich stöhnte und ächzte und begann planlos in der Küche herumzuräumen. Harry sollte ein schlechtes Gewissen bekommen: seiner Frau in Krankheit, um nicht zu sagen in Siechtum, einen ungepflegten Haushalt vorzuwerfen. Unter gar keinen Umständen würde ich mich um sein Frühstück kümmern. Das kümmerte aber auch Harry nicht. Der beließ es bei seinem spartanischen Essen und verließ das Haus. Auf der Treppe rief er mir noch ein »Wird schon wieder!« zu.

Meine Söhne, die so nach und nach ins Esszimmer kamen, schienen ebenfalls Diät zu halten, wenn ihnen nicht das gewohnte Frühstückszeremoniell geboten wurde. Sie schafften es immerhin zu Cornflakes – ohne Milch.

»Alex, könntest du nach der Schule Papas Sakkos und Hosen von der Reinigung holen?«, bat ich meinen Großen, während er in den Sportseiten der Zeitung herumblätterte. »Er braucht die Sachen und ich glaub, ich schaff's heut nicht.«

»Ich glaub, die Reinigung ist über Mittag geschlossen«, war die Antwort.

»Kannst du's dann am Nachmittag erledigen?«

»Da geb ich so 'ner Tussi Nachhilfe in Mathe.«

»Bis um sechs?«, fragte ich ungläubig.

»Bestimmt, die hat keine Ahnung vom Zerlegen eines quadratischen Terms in seine Linearfaktoren ...«

»Und wenn du eventuell vorher ...«

»… und einen Summanden eines Binoms bestimmen kann sie auch nicht.«

Er klang genervt. Wegen der Mathe-Tussi oder wegen mir?

»Mama, des ka i macha«, bot sich Chris an.

Unser Jüngster sprach fließend Mundart. Onkel Hans, unser Kämpfer für den Dialekt, den er jahrelang entbehren musste, hatte sein Opfer gefunden. Und war erfolgreich gewesen.

»Chrissilein, du kannst höchstens die Krawatten tragen«, spottete Alex.

»Und wie sieht's bei dir aus?« Ich wandte mich an Benni.

»Hmmm«, kam von Benni, wobei er mehrmals mit dem Kopf nickte.

Wenn jemand schon »Hmmm« sagt!

»Alsooo, du weißt von dem Referat, das ich bald halten muss, ich bin da noch nicht so weit, wie ich eigentlich sein sollte …« Es schien, als kämpfte er ernsthaft mit sich.

»Okay, Jungs, okay, ich liebe euch trotzdem.«

Ich schleppte mich bis kurz vor acht durch die Küche, bis jedes Kind mit – von mir! – geschmierten und belegten Broten das Haus verlassen hatte. Gerade wollte ich nach oben gehen, als das Telefon läutete.

»Hallo, Nathalie, entschuldige, dass ich so früh anrufe. Du hast doch nicht mehr geschlafen …?«, legte Sina munter los.

Mein rechter Mundwinkel kippte leicht zur Seite. »Nein, natürlich nicht. Aber dass *du* so früh auf bist! Du quälst dich doch erst aus dem Bett, wenn ich Mittagessen koche«, sagte ich mit ehrlichem Neid.

»Du klingst nicht gut, was ist los, Frau Hecht, gibt es Zoff unter den Fischen?«, witzelte sie. »Das würde mich freuen, eure Harmonie ist ja auf Dauer unerträglich.«

»Nein, ich bin eine immungeschwächte Person, der ein schwerer grippaler Infekt droht«, entgegnete ich.

»Kennst du nicht das gesunde Gesöff aus Melisse? Etwas überdosiert wirkt es bei mir Wunder.«

»Danke, und wenn das nicht hilft, empfiehlst du mir noch Ethanol pur. Na ja, das wäre wenigstens fettlösend.«

»Nur gut, dass du Männer hast, die für dich sorgen. Meine letzte Wintergrippe musste ich mutterseelenallein durchstehen. Niemand an meiner Seite, der sich um meine Temperatur hätte kümmern können. Meinen Tee musste ich mir sogar selbst löffelweise einflößen!«

Sina bemitleidete sich offensichtlich noch Monate später!

»Ja, da hab ich es gut, ich konnte mich vor liebevoller Pflege heute früh kaum retten«, sagte ich und beschrieb meinen Morgen.

»Du hast es versäumt, deine Familie an Ausfallzeiten zu gewöhnen. Du musst mal raus! Oder du musst öfter kränkeln, mit deinen Koliken hin und wieder imponierst du keinem mehr. Heutzutage hat man ein Burnout-Syndrom oder zumindest eine Belastungsstörung, eine Neurose oder Psychose, und wenn gar nichts hilft, drohst du mit Amoklauf. Das macht Eindruck auf deine Lieben, das mischt sie richtig auf. Du fängst ganz harmlos an mit kaum erkennbaren Symptomen und steigerst dich bis zu akustischen Halluzinationen. Du sagst, du hörst das Pfeifen deines verstorbenen Kanarienvogels.«

»Das ist ein schlechtes Beispiel, dann schickt Harry mich zum Hals-Nasen-Ohren-Arzt, um mich auf Tinnitus behandeln zu lassen.«

»Na dann sag, du hörst die Schreie deiner toten Katze.«

»Ich hatte nie eine Katze, nur Fische.«

Mit Sinas Tipps konnte ich mich nicht anfreunden. Als Kind hatte sich in mir immer Unverständnis über den ständigen Spruch »Hauptsach gsund!« geregt. Mir schien, diesen Menschen genügte ein Leben, so wenig es ihnen bot, wenn sie nur von Viren und Bakterien verschont blieben. Aus der vermeintlichen Phrase entstand mit den Jahren dann doch langsam die Erkenntnis, dass ohne Gesundheit alles nichts ist.

»Das Einzige, woran ich zeitweilig gerne leiden würde, wäre Appetitlosigkeit, ohne ernstliche Ursache, versteht sich«, antwortete ich Sina, fasste mir an den Bauch und war wie immer entsetzt, welche Menge von *mir* ich dabei in Händen hielt.

Damit gab ich Sina ein Stichwort.

Es sollte wohl ganz bedeutungslos klingen, doch ich hörte die Erregtheit in ihrer Stimme, als sie sagte: »Wo du gerade von Essen sprichst, möchtet ihr meinen neuen Freund kennen lernen – am kommenden Freitag vielleicht?«

Aha, die Stunde der Offenbarung.

Gegen ihre sonstigen Gewohnheiten war Sina in letzter Zeit selten und wenn, dann nur kurz auf einen Kaffee oder ein Glas Wein bei uns aufgetaucht. Als ich sie neulich bei einem ihrer flüchtigen Besuche daraufhin ansprach, antwortete sie verschmitzt, das liege an einem neuen Einsatzgebiet.

Wohl nicht bei deiner Zeitung, du Zwetschge!

Sina legte immer großen Wert auf unsere Meinung in allen Lebensfragen. Mehr noch, seit ihre langjährige Beziehung mit Martin zu Ende gegangen war. Der Anfang vom Ende der Turteltauben war das Angebot einer amerikanischen Universität an Martin gewesen, an einer Tierstudie, »Skunks a danger or in danger«, teilzunehmen.

Martin hatte angenommen.

»Das halbe Jahr sitze ich auf einer Backe ab«, hatte Sina damals gescherzt.

Wer acht Jahre zusammen ist, dem können sechs Monate nichts anhaben, dachten auch wir.

»Ich werde wohl mehrere Arschbacken brauchen«, stellte Sina eines Tages fest. »Er hat seinen Vertrag auf fünf Jahre verlängert.«

Natürlich gab es Überlegungen, ob Sina in die Staaten umsiedeln sollte, aber Sina konnte sich nicht entscheiden. Ein heftiges Auf und Ab begann.

»Ich gehe«, erklärte sie morgens mit fester Stimme und »ich bleibe«, heulte sie am Abend. Manchmal war es umgekehrt, sie heulte am Morgen und verwarf abends wieder ihre Pläne. Sina war konsequent in ihrer Inkonsequenz, die Beziehung mit Martin zu beenden. Sie hielten noch lange Zeit Briefkontakt. Irgendwann beteuerte sie: »Das Thema Martin ist durch.« Diesen Satz wiederholte sie quasi wöchentlich.

»Er hat einfach nicht die richtige Frage gestellt, ich hab verloren gegen Stinktier und Co.«, war ihr Fazit.

Mit der Ablösephase setzte bei ihr auch Unsicherheit ein, sie zweifelte an ihrer Menschenkenntnis. Sina strapazierte uns über die Maßen in Sachen »Was haltet ihr von dem?«. Sie fühlte sich nicht einmal mehr kompetent genug, ihre Haushaltshilfe auszusuchen, auch die mussten wir kennen lernen und beurteilen.

Als Sina eines Morgens in ihrem Bett ein fremdes, gebrauchtes Kondom – perlgenoppt – an ihrem Bein kleben hatte, war eines klar: Ihre – von uns abgesegnete – Perle schrubbte nicht nur die Wanne. Man konnte sich eben nicht immer auf unsere Empfehlung verlassen.

Seit Martin nicht mehr bei Sina ein und aus ging, war alles anders bei ihr geworden. Ihr Seelenleben spiegelte sich sozusagen in ihrem Umfeld wider, in einem Satz: Es wurde chaotisch.

Gut, dass ihre Nachbarin Frau Madlener daraufhin die Initiative ergriff und Sina anbot, ihre Wohnung in Schuss zu halten. Die ideale Lösung für beide. Sinas Vertrauen aufgrund der jahrelangen, guten Nachbarschaft stieß auf die Motivation der liebenswürdigen Dame, die nicht weiter mit ansehen wollte, wie Sina, in der sie fast so etwas wie eine Tochter sah – wo ihre eigene so weit entfernt wohnte –, auf all die, wie sie es nannte, »Putzen« hereinfiel. Nun nahm sie also selbst das Zepter, in diesem Fall den Putzlappen, in die Hand und hielt Sinas kleines Reich sauber und gemütlich. Außer der finanziellen Rentenaufbesserung erhielt Frau Madlener zusätzliche Anerkennung ihrer Arbeit. Sina lud sie hin und wieder ins Theater oder zu sonstigen Veranstaltungen ein, während Frau Madlener Sina mit Kuchen und allem möglichen Selbstgemachten verwöhnte, so dass sie für Sina mit der Zeit eine Art Ersatzmutter wurde.

Auch in anderen Bereichen in Sinas Leben zog die kluge Frau Madlener ihre Fäden, was aber erst später herauskommen sollte.

Sinas Anruf bedeutete wohl, dass unser Urteilsvermögen wieder eine neue Chance erhalten sollte.

»Ja, okay, bei uns ginge es, ich würde gerne essen gehen«, sagte ich und vermerkte den Termin gedankenverloren auf unserer Steuererklärung, die neben dem Telefon lag, in der freien Spalte »Unterhaltszahlungen gekürzt um …«, Freitag, 19 Uhr.

Wobei in diesem Fall für mich das Essen nur zweitrangig war. Der Baggersee-Bruno!

Chris hatte schon geplappert. Als er mit Sina letzte Woche am Ludwigsfelder Baggersee schwimmen war, hatte sie wohl diesen Bruno kennen gelernt, den uns unser Sohn anschließend gestenreich beschrieb und den wir nun kennen lernen sollten.

»Er sieht aus wie Papa, nur längere Haare und ganz viel dünner … und ein bisschen größer … oder … ach, ich weiß nicht mehr. Was er erzählt hat, hab ich nicht verstanden. Jeder Satz hat bei ihm mit Bio, Öko oder Alterniv-Dingsbums angefangen und immer mit fusch hui aufgehört. Und von der Umwelt hat er immer gschwätzt, i glaub, der hot it alle Streusel auf 'm Kuacha. Mit mir hat er net gschwätzt, aber ich hab mir vom Kiosk auf der anderen Seeseite ganz viel Eis kaufen dürfen. Danach hau i beinah kotzt.«

»Und Sina hat das erlaubt, so viel Eis?«

»Die hat die ganze Zeit so komisch gekichert.«

Hier verfiel Chris in eine Parodie von Minni Maus, drehte die Augen nach hinten und wieherte.

Alles klar, die hatte es erwischt!

»Und wo wollen wir zum Essen hingehen?«, fragte ich, nachdem der Termin geklärt war. Italienisch, griechisch, gutbürgerlich?«

»Ähm, weißt du …« Sina zögerte. »Ich hab ihm von deiner tollen Familie erzählt und nun möchte er euch gern alle kennen lernen.«

Oh, dachte ich, Essen im Lokal wird teuer, zu teuer. Essen zu Hause bedeutet Arbeit.

Ich wählte die sparsamere Variante. »Überredet. Freitag um sieben bei uns.«

»Super, Natze, ich mach's wieder gut!«

Ich hasste es, wenn sie mich so nannte!

»Da ist noch etwas«, kam es kleinlaut, denn sie wusste, dass Kochen für mich Strafe genug war.

»Er geht nie ohne Hund.«

Ich liebte Hunde.

»Schön, was ist es denn für einer?«

»So 'n Dackel, ganz brav und wohlerzogen.«

»Alles klar, aber jetzt muss ich abliegen.«

»Natürlich, bis Freitag und gute Besserung, Bussi!«

Auf dem Weg nach oben läutete das Telefon erneut. Eigentlich hätte ich es ignorieren sollen, denn nach einem Schweißausbruch in den letzten Minuten fing ich jetzt in meinem leichten Baumwollnachthemd zu frieren an. Ich lief die Stufen wieder hinunter und nahm den Hörer ab. Es war Harry.

»Na, ist dein Ohr noch warm?«

»Stell dir vor«, sprudelte ich gleich los, »Sina möchte uns am Freitag ihren neuen Lover vorstellen, wir lagen also richtig mit unserer Vermutung.«

»Kann man mit ihm skilaufen gehen, mountainbiken, joggen, Tennis spielen?«, war die erste Frage meiner Sportskanone.

»Ich weiß nicht, ob er sportlich ist, ich hab Sina als Erstes nach seinem Penis, seinem Hintern und seinem Bankguthaben gefragt, und zwar genau in dieser Reihenfolge. Nein, es tut mir leid, ich weiß von diesem Bruno nicht mehr, als Chris uns von dem Tag am See beschrieben hat. Das klang alles sehr nach einem Ökotypen, Feng-shui-Spezialisten oder Sozialpädagogen. Im schlimmsten Fall alles zusammen.«

»Dann hat sich's schon erledigt«, sagte Harry, »ich habe gestern eine Tennisstunde mit Ulli für Freitagabend im Sportheim eintragen lassen. Er hat mir gerade abgesagt, deshalb wollte ich fragen, ob du einspringen willst.«

Als Lückenbüßer, gesundheitlich angeschlagen und von Haus aus unterlegen – der ideale Gegner!

Ich hasste Tennis mit Harry. Wie ich beinahe jede sportliche Betätigung mit ihm hasste, da ich mich ständig überfordert fühlte. Gerade beim Tennis gingen mir seine dauernden Belehrungen auf die Nerven. Bei jedem Schlag erklärte er mir lang und breit, was ich falsch gemacht hatte. War dieser Fehler ausgemerzt, machte ich garantiert einen anderen. Das ging so lange, bis ich vor Wut wie eine Furie auf den kleinen Filzball einschlug, ohne nur einmal die Technik anzuwenden, die er mir beigebracht hatte. »Na also, geht doch«, kam daraufhin jedesmal von seiner Seite.

»Ich werde im Sportheim anrufen und die Stunde streichen lassen.«

»Oh, wie schade, ich hätte so gerne einmal wieder mit dir gespielt.«

»Also, bis heute Abend.«

Kapitel 3 | *Sina*

Eine Woche vorher.

»Siiina! Komm ins Waaasser!« Chris saß auf seiner Luftmatratze, dicht an der Badeinsel, und kreischte zu mir ans Ufer.

»Jetzt nicht, vielleicht später.«

Ich winkte ihm, er schob die Unterlippe leicht beleidigt nach vorn – und stürzte wieder kopfüber ins Wasser. Mit angewinkelten Knien auf meiner Decke hatte ich es mir mit Kaffee und Sonnencreme gemütlich gemacht und beobachtete den Spross meiner Freundin mit Argusaugen.

Diese Baggerseen hatten immer irgendwas Unheimliches an sich. Man wusste nie, was sich unter der Oberfläche befand. Seitdem ich in einem Krimi Tote gesehen hatte, die mit Krabbenkörben an den Füßen ins Meer geworfen wurden und dann wie ein Leichenwald im Wasser standen, gruselte es mich, sobald ich keinen Boden mehr sehen konnte. Wer weiß, was alles in so einem Baggersee verborgen schwamm … Also hieß es am Ufer Stellung halten. Zu kalt war der See eigentlich auch. Ja, ich bin ein Warmbader! Am liebsten wären mir karibische Badeverhältnisse hier im Württembergischen. Ich bin bereit, der Klimaerwärmung positive Seiten abzuringen.

Chris hatte gestern, am Freitag, angerufen und, schon ganz Macho, die »schönste Frau der Welt« gefragt, ob sie nicht Lust hätte, den Samstag mit »dem liebsten Kind der Welt« am Baggersee zu verbringen.

»Weischt, der Papa hat Turnier und die Mama muss zuschaua und die andere habet was zum Knutsche.«

Wer könnte dieser leicht geschwäbelten Einladung schon widerstehen?

»Kannst deiner Mama sagen, der Trick hat funktioniert!«

Nathalie wusste, dass ich dem Charme von diesem hübschen Bübchen nicht widerstehen konnte. Chris war mein erklärter Schatz. Wenn er vor mir stand, mit seinen blonden Locken und die Lippen nach vorn geschürzt zu einem Kuss, hätte ich ihn fressen können.

»Schau mal, sein Mund«, sagte ich immer wieder zu Nathalie, »die reinste Verschwendung für so einen Buben!«

So oft es ging, meldete ich mich zur großen Freude Nathalies als Babysitter. Als er älter wurde, unternahmen wir Ausflüge, gingen Ski fahren und eben auch an den Baggersee. Hin und wieder machten Leute Kommentare wie: »Na, Sie haben ja einen hübschen Sohn!« oder: »Ihr Sohn ist ja ganz ein süßer Bub!« Dann grinsten wir uns nur an und korrigierten niemanden.

Chris hatte die Gewitztheit seiner Mutter geerbt, und als er älter wurde, antwortete er immer: »Des isch mei Schweschter.«

Ich liebte ihn!

Jetzt erhob ich mich und suchte mit den Augen den See ab. Wo war er denn jetzt? So viele Kinder im Wasser und auf der schwimmenden Plattform.

Sein Kopf tauchte auf. Kurzer Blick zum Ufer, ein Winken und wieder war er abgetaucht. Ich ging weiter bis zum Ufer und streckte den Zeh ins Wasser.

Uhhhhh! Brrr!

Das braune Wasser lud auch so gar nicht zum Schwimmen ein. Dann lieber noch den Beitrag für die Bürgermeisterwahl fertig schreiben!

Ich drehte um und ging zu unserer Decke. Ein braungebrannter Adonis breitete sein Handtuch unmittelbar neben unseren aus.

Ich blieb stehen.

Wow, welch eine Augenschmaus!

Da war kein Gramm Fett zu viel. Die Muskeln zeigten sich deutlich bei jeder Bewegung unter der Haut. Mir fiel die Kinnlade runter.

Oh Mann, der feste Hintern!

Mit dem Rücken zu mir ölte er sich von oben bis unten ein. Nicht dass ich viel Erfahrung damit hatte, aber so stellte ich mir den Beginn eines Pornos für Frauen vor.

Ja, bück dich! Die Beine muss man aber bis ganz, ganz oben einschmieren! Noch mal dazwischen! Ja, und jetzt noch mal!

Er schaute mich an.

Ja, leck dir die Lippen! Schön mit der Hand über die Brust.

Langsam drehte sich sein Körper in meine Richtung und er schaute mir direkt ins Gesicht und lächelte.

Ja, die Zunge über die Lippe … und mit den Fingern durchs lange Haar!

»Siiinaaa!«

Brutal kam der Baggersee zurück! Der Mann schaute mir geradewegs ins Gesicht.

Ach du liebes bisschen!

Vorsichtig fuhr ich mir mit der Hand über den Mund. Na wenigstens hatte ich nicht gesabbert!

Tu so, als ob du hinter ihm was siehst!

Tolle Reaktion, wer weiß, wie lange ich ihn schon angestarrt hatte. Wie lange hatte er schon zurückgeschaut? Abrupt drehte ich mich um und lief zum Ufer.

»Siina! Hier drüben!«

Ich sah Chris auf den Schultern eines anderen Jungen sitzen und beide wedelten mit den Händen in meine Richtung.

»Schau mal jetzt!«

Der Junge sprang mit seiner Last ins Wasser. Schnappend tauchten beide wieder auf!

»Gigantisch!«, rief ich und wedelte zurück.

Mann oh Mann! Ich kann doch nie wieder zur Decke zurück. Was mach ich jetzt bloß? Wir verzichten auf die Klamotten und trampen in Badesachen nach Hause oder ich versteck mich im Schilf und Chrissie muss die Sachen holen! Ja, das könnte funktionieren! Pornografisch! Tsss!

Seitdem Martin nach Amerika gegangen war, hatte ich keine feste Beziehung mehr gehabt. Mich hatte die Trennung durch ungeahnte menschliche Zustände gezerrt. Nach dem großen Heulen kam die Trotzphase, in der ich mir einredete, das Glück wäre allein von den Singles gepachtet. Doch am dritten glücklichen Single-Sonntag überwältigte mich die Sehnsucht und brachte die Heulphase wieder mit. Seitdem irrte ich von einer Bekanntschaft in die nächste.

Manchmal kam ich mir vor wie ein Hund, der über eine Wiese voller Fährten hetzt und mal hier schnüffelt und mal da das Bein hebt zum Markieren.

Und nie fand ich das, was ich mit Martin gehabt hatte.

Momentan baggerte ein Junggeselle, Jean Pascal, Ende vierzig, an mir rum, der mit Oberschichtcharme und Geld nur so um sich schmiss. Einerseits stieß mich das Getue ab, andererseits faszinierte mich seine Hartnäckigkeit. Ob es bis in die Federn kommen würde, wagte ich zu bezweifeln. Anscheinend trieb mich mein Unterbewusstsein aber genau dahin. Hauptsache, ins Bett. Auch in körperlicher Beziehung fehlte mir Martin.

»Na, Angst vorm Wasser?«

Der Pornodarsteller, äh, der Adonis!

»Nö, nich, nö, hab ich nich.«

Ich kreuzte sicherheitshalber die Arme vor der Brust.

»Na dann!«, sagte er und schon stürzte er sich in die braunen Fluten, schwamm ein Stück und drehte sich dann auffordernd zu mir um.

Ob seine langen Beine schon die Leichen berührten?

Ich pumpte Luft in meinen Oberkörper, beulte ein Hohlkreuz aus und rannte sportlichen Schrittes mit einem delphinartigen Hüpfer abtauchend ins Wasser.

Das war nur ein Film! Seine starken Arme würden dich sofort retten.

Kurz vor seinem Gesicht tauchte ich auf.

Strahlende Zähne, Hundeaugen und ein Lächeln, das mich wünschen ließ, die Leichen würden nach mir greifen. Nach der Rettung würden wir uns dann wild am Strand wälzen. Seine strammen Beine würden sich um mich wickeln wie Tintenfischtentakel.

»Siiiinaaa!«

Er drehte den Kopf in Richtung Schreihals.

»Dein Sohn?«

»Nö, nur ein Bekannter.«

Ein Bekannter?

Die Sexfantasien schienen meinem Verstand zu schaden. Na gut, für so einen Mann mussten Opfer gebracht werden.

Nimm mich!

»Siiiina!«

Jesses! Wer hat dem Kind das Sprechen beigebracht?

»Ist ja gut, ich komme!«

Was war nur los? Der Mann wollte vielleicht nur nett sein. Ich grinste ihn an und schwamm dann zur Plattform.

»Sina, schau, ich kann zehn Sekunden die Luft anhalten. Zähl mal!«

»Nein, mach mal lieber nicht.«

Zu spät, Chris hielt sich mit einer Hand an der Leiter fest und steckte sein Gesicht in den See.

Na hoffentlich hatte er die Augen zu! Der Leichen wegen.

Der Pornodarsteller hatte sich hinter mich an die Leiter gehängt. Durch die Wellenbewegung der Plattform wurden wir aufeinander zugespült, und wie elektrisiert spürte ich seine Beine an meinen. Er strahlte mich an. Mir kam ganz leise der Verdacht, dass die Wellen gar nicht stark genug waren, um ihn so heranzuschleudern. Sein anderer Arm griff auch nach der Leiter, so dass ich zwischen seinen Armen und der Leiter gefangen war.

Na der ging ja ran! Der war nicht nur nett! Wenn er mich jetzt …

»Und, wie lang war's?« Chris riss sein Gesicht aus dem Wasser und schaute mich fragend an.

»Elf Sekunden«, sagte ich schnell, »und ich habe ganz langsam gezählt.«

Er strahlte. Einen Moment später kräuselte sich sein Näschen kritisch. »Wer isch des?«

Fragend schaute ich das Gesicht vor mir an.

»Ich bin der Bruno.« Er zwinkerte Chris zu und schaute mich dann wieder an.

Auweia! Na ja, für seinen Namen kann ja keiner!

»Was machet ihr do?«

Hitze kroch mir ins Gesicht. Ich drehte mich auf der Leiter um, kletterte auf die Plattform und setzte mich Beine baumelnd an den Rand. Bruno hinter mir her und neben mich hin. Chris, dessen Neugierde nun geweckt war, drängelte sich zwischen uns. Eine Weile starrten wir alle drei aufs Wasser.

»Und du bist …?« Bruno schaute zu dem Kleinen.

»Der Chrissie, und Sina ist meine …« Fragend drehte sich das Gesichtchen zu mir.

Ganz vorsichtig schüttelte ich den Kopf und riss warnend die Augen auf.

»… meine Freundin«, kam ganz ernst.

»Na, du bist ja putzig.«

»Ja, putzig, gell?«, kicherte ich leicht hysterisch und schaute über Chris hinweg in die braunen Augen.

»Sina, welch ein schöner Name«, säuselte Bruno, und ich kicherte wieder.

»Äh, wie ätzend!« Mit einem angewiderten Schnaufer ließ sich Chris nach vorn ins Wasser fallen.

»Bruno ist aber ein ungewöhnlicher Name. Bruno, der Braune.«

Ich schaute ihn von oben bis unten an und hoffte, dass es nicht allzu gierig, sondern eher latent lasziv rüberkam.

Und dann lief alles wie von selbst. Wir redeten und redeten. Oder eigentlich redete er, aber das war mir egal, so konnte ich ihn wenigstens, ohne nachdenken zu müssen, abchecken. Irgendwann schwammen wir ans Ufer zurück.

Mein Gehirn hatte wieder ausgesetzt und begann, Fantasien auf Decken am Strand auszuschütten.

»Boah, ist mir jetzt kalt!« Chrissie schmiss sich aufs Handtuch.

»Willst du ein Eis?«

»Au ja!«

Ich begann in meiner Handtasche zu wühlen. Der Eiswagen stand am anderen Ende vom See, das würde uns locker zwanzig Minuten Ruhe bringen. Chris nahm das Geld und stürmte los. Na vielleicht nur zehn Minuten bei dem Tempo.

»Wo waren wir stehen geblieben?«

»Ach ja, ich habe dir gerade erzählt, dass ich als Aussteiger auf einem Hof lebe.«

»Hm, hm«, antwortete ich, und die Fantasien setzten schon wieder ein.

Auf einem Hof, wahrscheinlich ein Gutshof. Da striegelt er bestimmt mit freiem Oberkörper seine Pferde und reibt sich dann mit Stroh trocken.

Seine Arme und sein Oberkörper waren vollkommen durchtrainiert. Beim Sitzen schob sich nur etwas Haut über seiner Badehose zusammen.

Oh! Blick schnell wieder nach oben! Trägt man heute noch solche Badehosen? Wahrscheinlich wieder.

Ich versuchte mich ganz unauffällig auf der Decke auszustrecken. Dabei drehte ich mich gleichzeitig auf den Bauch, so dass mein kleines Brüstchen auf den Armen zu liegen kam und einen halbwegs stattlichen Eindruck machte.

»Hm, hm.«

Ich hörte was von ökologisch wertvoll, Umweltbewusstsein und Agrarwirtschaft.

Wenn ich jetzt mein Bein ganz vorsichtig nach links bewegen würde, so zufällig gleichzeitig nach oben ziehen …

»Der Schokobolla isch mir abgebroche!«

Vorwurfsvoll schaute Chris mich an. In einer Hand hielt er die Eistüte mit dem Resteis, in der anderen den Schokomatsch.

»Hättest dich ja nicht so beeilen brauchen. Schmeiß das Ding in den Busch da!«, konterte ich und zog die Augenbrauen ganz nach oben.

Chris interpretierte meinen Gesichtsausdruck sofort richtig. Mit einem nun verschmitzten Grinsen warf er den stark geschmolzenen Bollen ins Gebüsch.

»I will doch den Bruno au kennalerna.«

Das kann doch nicht wahr sein!

»Na, jetzt geh dir mal erst deine Hände abspülen und dann kannste dir noch mal eins holen«, sagte ich und schob ihn in Richtung Ufer, »aber nur, wenn du im Trippelschritt gehst und uns mindestens ’ne halbe Stunde in Ruhe lässt!«, raunte ich dabei in sein Ohr.

»Des sag ich der Mama! Dass du hier knutscha willsch!«

»Was? Ich glaube, du spinnst!«

Aber ich konnte mir ein Grinsen nicht verkneifen, so ein kleiner Teufel! Nachdem er sich die Hände vom Eis befreit und Geld eingesackt hatte, trabte er, vor sich hinpfeifend, los. Ich setzte mich wieder auf die Decke und beobachtete noch kurz, wie er davonzog.

»Was sagtest du gerade?«, säuselte ich in Richtung Bruno.

»Du wolltest dich heute Abend mit mir treffen!«

»Echt?«

Hatte ich das verpasst oder ließ er wirklich nichts anbrennen? Heute Abend, das war zwar ein bisschen plötzlich, aber eigentlich auch nur vernünftig. Die Zeiten des sich ewigen Beschnupperns lagen hinter uns.

Direktheit war gefragt. Als Jugendliche hatte die einfache Frage »Willste mit mir gehen?« wunderbar funktioniert. Die Antworten: »Na gut« oder »Och nö« – eindeutig, unkompliziert, ehrlich. Brunos schneller Vorstoß sollte mir nur recht sein. Ihn konnte ich mir sehr gut in der Kiste vorstellen. Obwohl ich mich ein wenig über den Zustand der leichtfertigen Lotterei, in dem ich mich befand, wunderte, sagte ich: »Na gut. Wann und wo?«

»Um acht vor der VHS.«

VHS, ach wie intellektuell!

»Siiina … ussaträng essen!«

Ich sprang auf, was wollte er essen? Warum brüllte er denn so?

Schon fast bei uns schrie er wieder: »Fußballtraining, wir haben das Fußballtraining vergessen!«

Ach du liebes bisschen! Na klar, das hatte ich Nathalie hoch und heilig versprochen.

»Schnell, das schaffen wir noch. Kannst dich im Auto umziehen.«

Wir rafften unsere Sachen zusammen und ich fand noch Zeit, Bruno tief in die Augen zu blicken und ein »Tschüss dann« zu seufzen, welches, nach einem kurzen Seitenblick auf Chrissie, gefolgt wurde von einem tonlosen »Bis nachher«.

Chrissie stürmte schon mit einem Knäuel Klamotten unterm Arm in Richtung Auto. Ich mit dem Rest hinterher, mich alle fünf Meter nach Streuware von Chrissie bückend. Am Auto angekommen, schmissen wir alles in den Kofferraum, rissen die Sporttasche raus, die Nathalie uns noch mit strengem Blick nachgetragen hatte, und fuhren auch schon los.

»Du musst mich aber reinbringen, ins Vereinsheim, richtig rein«, jammerte Chris, der in punkto Pünktlichkeit nach mir kam.

Wenn ich etwas hasste, waren es Zuspätkommer. Ich begriff einfach nicht, wie man sich ohne triftige Entschuldigung um Viertel- oder sogar ganze Stunden vertun konnte. Ich ließ schon mal Stau, einen Platten oder Tod gelten. Man konnte eine Verabredung auch mal total vergessen. Man kam aber nicht zu spät! Wissend, der andere sitzt gewienert und geschniegelt zuhause, kann keinen Handschlag mehr machen, weil sonst die Frisur verrutscht oder die Bluse eingesaut wird. Oder noch schlimmer: Der andere friert sich am Treffpunkt den Hintern ab. Allerdings entsetzte mich jetzt der Gedanke, mit Chris ins Vereinsheim zu müssen, auf Heftigste.

»Ich hab nur 'n Bikini an!«

»Macht doch nix! Bitte! Dr Andy sieht's bestimmt gera!«

Na, der schaut zu viele Filme seiner Brüder!

Klar, Andy, sein Trainer und alle anderen Fußballer, die sich immer und zu jeder Zeit im Vereinsheim rumzudrücken schienen, hätten bestimmt nichts dagegen gehabt.

»Wenn ich mir noch was anziehen darf, dann komm ich mit.«

»Danke! Du bisch doch echt die Beschte! D' Mama sagt immer, i muass do alloi durch.«

Pädagogischer Nulltreffer!

»Gehen wir morgen wieder an den Baggersee?«

Da war sie, die Frage, vor der ich mich gefürchtet hatte. Beim Zusammenraffen der Badesachen hatte ich mir schon vorgestellt, den nächsten Tag wieder am See zu verbringen und meinen Fantasien nachgeben zu können. Das ging aber nur ohne Chris. Wie kam ich da wieder raus? Wie konnte ich ihm erklären, dass ich gern zum Baden gehen würde, aber ohne ihn?

»Das Wasser schlägt langsam um bei der Hitze. Hast du das nicht bemerkt?«

Uh, wie lahm!

»Wie meinscht des, das Wasser schlägt um?«

»Wenn das Wasser umschlägt, dann entwickeln sich da Bakterien, die abscheuliche Krankheiten hervorrufen. Wie zum Beispiel Herpes und Fadenwürmer.«

»Ehrlich? Ihhgitt!«

Ich kratzte mich am Hintern und schämte mich ein bisschen, als ich sagte: »Oder Hämorrhoiden. Es gab mal einen Mann, der hat davon dicke entzündete Blasen am Popo bekommen. Der konnte sich nicht mehr hinsetzen.«

Ich schaute vorsichtig zur Seite, ob ich zu dick aufgetragen hatte. Chris schaute mich nachdenklich an.

Ich hatte ihm bestimmt das Baden auf alle Zeit vermiest! Ich bin ein Schwein!

»Sina, soll ich dir nachher mal zeigen, wie ich den Ball auf dem Rücken balancieren kann?«

Puh!

»Boa, das kannst du? Zeigst du mir morgen, okay? Mir fällt da eine Geschichte ein, wie Alex mal eine Szene aus dem Hirbel malen sollte.«

»Au ja, erzähl!«

Chris musste schon lachen, bevor ich überhaupt angefangen hatte. Er liebte Geschichten über seine Brüder, vor allem die, in denen sie nicht besonders gut abschnitten. So erzählte ich ihm, wie Alex eines Tages in der Schule das wunderschöne Kinderbuch »Das war der Hirbel« lesen musste. In dem Buch gibt es eine Szene, in der beschrieben wird, wie der Hirbel eine Henne auf den Rücken legte, um sie zu paralysieren. Alex sollte später eine Szene aus dem Buch nachmalen. Er malte einen Jungen in gebückter Haltung mit einem Huhn auf dem Rücken.

»Mit einem Huhn auf dem Rücken!« Chris klatschte sich auf die Schenkel.

Wir lachten beide, bis uns die Tränen kamen.

Im Verein ging alles glatt. Ich war ordentlich angezogen und entschuldigte mich und Chris überschwänglich. Alles auf meine beginnende Senilität schiebend, gewann ich Andys Lächeln, und als ich einen Kasten Limo beim nächsten Spiel versprach, schaute er mich an, als ob er mir alles verzeihen würde.

»Mama holt dich nach dem Training ab«, erinnerte ich Chris, gab ihm einen Schmatz auf die Stirn und war auch schon verschwunden.

Die Zeit raste mir jetzt davon. Ich musste unbedingt den Artikel zur Bürgermeisterwahl noch abgeben. Ich beschloss, in die Redaktion zu fahren und ihn dort zu schreiben. Das

Umfeld würde mir helfen, mich zu konzentrieren. Als ich die Redaktion zwei Stunden später wieder verließ, blieben mir nur noch eineinhalb Stunden. Eigentlich musste ich die Verabredung absagen, aber ich hatte ja nicht mal eine Telefonnummer. Ich muss an dieser Stelle keiner Frau erklären, dass bei einem Treffen mit allen Eventualitäten das große Komplettprogramm angesagt war. Männer interessiert eh nur das Ergebnis. Also, eineinhalb Stunden waren knapp, sehr knapp.

Als ich gerade meine Tür aufschloss, kam Frau Madlener um die Ecke.

»Gut, dass ich Sie erwische, Sina. Max und Moritz kommet doch in den Ferien wieder zu mir und da wollt ich Sie frage, ob Sie nicht wieder mit den Kindern von Frau Hecht was ausmache könntet? Obwohl man ja von Kindern bei den Lulatschen gar et mehr rede ka.«

Schon stand sie in meiner Wohnung. Das hatte mir jetzt gerade noch gefehlt! Frau Madlener war aber die netteste Nachbarin, die man sich vorstellen konnte. Unmöglich, sie einfach wieder rauszuschieben.

»Frau Madlener, das mach ich gern, aber können wir vielleicht morgen darüber sprechen, ich muss ganz dringend weg.«

»Ja sicher, i wollt Sie nur schnell frage, weil die Jungs mir schon die Haut ratun, die ganze Zeit. I bin au scho weg. Müsset Sie noamal in die Redaktion?«

»Nein.« Ich lächelte verschmitzt. »Ich hab eine Verabredung.«

»Mit äm Ma?«, platzte sie ziemlich schroff heraus.

»Ja. Einem richtig kernigen noch dazu«, antwortete ich stolz.

»Aber was isch denn mit Ihrem Martin?«

Mein Herz krampfte.

»Das hab ich Ihnen doch erklärt. Er hat sich entschieden, ohne mich zu leben«, konterte ich mit leicht brüchiger Stimme.

Martin, mein lieber Martin.

Ach was! Reiß dich zusammen!

Das Ruder würde jetzt herumgerissen werden. So viele andere hübsche Vögel flogen durch die Lüfte, oder wie das hieß. Martin schaute in dem Moment bestimmt gerade einer mit Silikon betankten Amerikanerin hinterher oder knabberte an Stülplippen rum.

Ich hüstelte und sagte: »Er wollte mich nicht mehr.«

»So kennet Sie des doch et sage!«, echauffierte sich Frau Madlener. »Männer wisset nie, was se wollet. Des muss man dene verklickre.« Sie kam auf mich zu. »Frau Sina, wollet Se ihm et noamal a Signal geba?«

»Die Signale waren wahrscheinlich zu viele, er hat die Orientierung verloren.« Ich lächelte. »Und ich auch. Deshalb muss ich mich jetzt beeilen.«

»Aber Sie wollet doch et, dass …«

Ich schnitt ihr das Wort ab. »Frau Madlener, ich muss mich jetzt wirklich fertig machen.«

»Na gut«, seufzte sie. »Sie denket an die Kinder?«

»Natürlich! Gleich morgen überleg ich mir mit Nathalie ein paar Ausflüge.«

Aber anstatt sich Richtung Tür zu bewegen, ließ Frau Madlener sich auf einen Sessel fallen.

Das kann doch jetzt echt nicht wahr sein!

Ich sah auf meine Uhr. Eine gründliche Epilation war soeben einer schnellen Nassrasur gewichen.

»Wisset Se, die zwoi schwärmet immer noch von dem Ausflug ins Bayrische in die Joghurtfabrik, Sie wisset scho, die mit dem lustigen Spruch.«

Ihre Beine hatte sie übereinandergeschlagen und wippte mit einem Fuß. Na, die hatte echt die Ruhe weg.

»Keiner macht mich mehr an«, sagte ich und zog mir meine Schuhe aus.

»Ja, des war's. Wer kommt denn auf so was, gell?«

Das Bein wippte.

»Genialer Werbestreich, würde ich sagen.«

Fieberhaft überlegte ich, wie ich sie loswerden sollte. Ich zog den Reißverschluss von meinem Rock auf und ließ ihn aufs Parkett fallen.

»Keiner macht mi mehr an. Apropos, wer isch denn Ihr Begleiter heut Abend?«

Ich schob betont langsam meine Strumpfhose nach unten.

»Bruno.«

»So, Bruno, und weiter?«

Ihr Bein wippte immer noch.

»Einfach Bruno. Den Rest hoffe ich heute Abend zu erfahren. Das wird aber nur gelingen, wenn ich pünktlich bin.«

Ich schaute sie mit aufgerissenen Augen und wackelndem Kopf an. Diesen Wink musste sie einfach verstehen!

Sie blieb sitzen. Ein kleines Lächeln umspielte ihren Mund.

Moment mal!

»Ich hab Sie durchschaut, Frau Madlener! Das wird nichts! Sie können gern dort sitzen bleiben und mir bei der Toilette zuschauen. Ich werde rechtzeitig dort sein und einen wunderschönen Abend mit Bruno verbringen.«

Schon fing ich an, meine Bluse aufzuknöpfen.

Seufzend erhob Frau Madlener sich und schlurfte zur Tür. »Sie kennet et amol sein Name. Des könnt a gsuchter Mörder sei. Ä Killer!«

Ein letzter Versuch!

»Ja, oder der Prinz zu Erbach.« Sanft schob ich sie hinaus. »Bis morgen dann.«

Die Tür fiel ins Schloss.

Ich schaffte es dennoch und stand aufgebrezelt in Sitzschuhen und schweineteurem Sommerkleidchen fünf vor acht Uhr vor der VHS. Jetzt war noch kurz Zeit, die Position zu überlegen. Ich entschied mich für eine lässig ans Treppengeländer des gegenüberliegenden Hauses gelehnte. Das gab mir die Gelegenheit, ihn zu beobachten, wenn er aus dem Haus kam, und ihm die Chance, auf mich zugehen zu können.

Aufgeregt stellte ich mir zum zigsten Male den Verlauf des Abends vor. Was nicht ganz in mein Bild passte, war die VHS. Als Erklärung hatte ich mir überlegt, dass er vielleicht den Parkplatz nutzen wollte, weil dieser ziemlich zentral lag. Aber da gab es eigentlich bessere Möglichkeiten. Wir würden sehen. Schade, dass ich nicht mit Nathalie darüber geredet hatte. Sonst hatte ich ihr immer alles sofort und bis ins kleinste Detail berichtet. Jedes Wort wurde durchgehechelt, sogar Harry um Rat gefragt. Diesmal hatte mir einfach die Zeit gefehlt. Ich hauchte mir in die Hand und schnüffelte kurz: frisch. Blick auf den Busen, der Push-up tat seine Wirkung.

Blick zum Himmel. Dunkle Wolken zogen sich zusammen und die Böenwalze, die einem Gewitter vorauseilt, fegte Papierfetzen durch die Straße. Jetzt bereute ich die Wahl des Kleides ein bisschen – ich mutierte zum hässlichen Gänslein mit entsprechendem Hautbild. Das war so wenig sexy, wie es klang.

Blick auf die Uhr – fünfzehn Minuten nach acht. Stau, das konnte nur Stau oder Schlimmeres bedeuten. Um mich abzulenken, stellte ich mir vor, wie ich nachher mit Bruno bei Kerzenschein in einem kuscheligen Restaurant sitzen würde, wie sich unsere Hände zufällig berühren würden und es dann zum ersten Kuss käme.

Die Kälte kroch mir die Beine hoch. Ich ging auf und ab und stellte mich dann in eine Häusernische, in der es weniger zog. Zwanzig Minuten nach acht.

Jetzt begann ich das erste Mal die Sache etwas kritischer zu beurteilen.

Nach seinem Getue am Baggersee zu urteilen, war er ja ganz scharf auf die Verabredung gewesen. Warum ließ er mich dann warten? Taktik? Seine unumwundenen Werbungsversuche sprachen dagegen. Doch ein Unfall? Wie groß war die Wahrscheinlichkeit? Gegen null. Mir war kalt. Ich ging über die Straße und setzte mich in den Eingang der VHS auf die Treppe. Fünf Minuten würde ich ihm noch geben.

Ich hörte Stimmen und Gelächter im Haus. Neugierig stand ich auf und schaute durch ein Fenster. Erschrocken fuhr ich zurück. Da stand er!

Vorsichtig spähte ich wieder durch die Scheibe. Er war umringt von Damen jeglichen Alters und Figur und lachte und schwatzte mit ihnen. Alle trugen etwas merkwürdige Kleidung. Sie erinnerten mich an mittelalterliche Bauern. Er zupfte immer wieder an seiner Hose und die Damen redeten ihm offensichtlich gut zu. Theater!, durchzuckte es mich. Er spielt Theater, ach wie süß! So eine Probe konnte man natürlich nicht einfach so unterbrechen. Als ich überlegte, in welchem Stück nur ein Mann mit mehreren Frauen spielte, entdeckte er mich und winkte mir zu. Ich rieb fröstelnd über meine Arme. Er nickte und ich sah, wie er sich von den Damen verabschiedete. Einige von ihnen, sichtlich enttäuscht, warfen mir recht böse Blicke zu. Stolz darauf, dass so ein kulturell interessierter Beau sich mir zuwandte, nickte ich zum Abschied mit geblähten Nüstern zu dem Damenhaufen.

»Da bist du ja endlich!«, war die Begrüßung von Bruno.

»Wie bitte? Ich stehe hier schon eine halbe Stunde und warte auf dich.«

»Aber ich hab dir doch erzählt, dass ich heute meinen Filzkurs habe!«

Was um Himmels willen ist ein Filzkurs!?

»Ich dachte, du spielst Theater!«

»Wie kommst du denn darauf? Nein, heute habe ich endlich meine Hose fertig genäht.«

Stolz baute er sich vor mir auf und zupfte an seinem Beinkleid. Ich schaute auf das Ding, das aussah wie ein aufgetrennter Hausschuh.

»Wie findest du sie?«

»Wen?« Ich versuchte Zeit zu schinden.

»Na, meine Hose? Habe ich in nur sechs Wochen gefilzt und genäht«, sagte er selbstbewusst.

Ich versuchte es mit Lächeln.

»Toll«, würgte ich raus. »Ganz toll.«

Wieso filzt sich einer, der einen Gutshof hat, seine Hosen selber? War das überhaupt eine Hose? Das konnte nur eine Therapiemaßnahme sein!

Verunsichert schaute ich zu ihm auf. Übers ganze Gesicht strahlend sah er mich zufrieden an.

Na, Depressionen hat der keine.

»Jetzt fahren wir zu mir!« Er nahm meine Hand und wir gingen auf den leeren Parkplatz.

»Wo ist denn dein Auto?«

»Hier!«, sagte er und hielt ein altes Damenfahrrad in der Hand.

»Also hast du auch eine Wohnung in der Stadt?«, kombinierte ich.

»Nein, ich wohne in Heusteige.«

Seine Hand klopfte einladend auf einen Gepäckträger, der aussah, als ob er nicht mal eine Zwiebel tragen könnte.

Heusteige, das war doch irgendwo im Westen. Wir hatten mal einen Verlagsausflug in die Gegend gemacht. Dunkel erinnerte ich mich an idyllische Einödhöfe, Wiesen und Wälder.

»Heusteige! Das sind fünfzehn Kilometer!«

»Sechs.« Er strahlte mich an.

Jetzt sei nicht so ein Spielverderber, das wird lustig. Ist mal was anderes, er ist eben ideenreich und abenteuerlustig. Spricht ja eigentlich für ihn. Mit einem Porsche kann jeder Eindruck schinden.

Wir wackelten ein bisschen hin und her und nahmen dann Fahrt auf. Ich hielt mich an seinem Hemd fest, da die schlabbernde Filzhose mir wenig Vertrauen einflößte.

Mittlerweile wehte durch Ulm eine recht steife Brise. Über den Münsterplatz rollten Blätter und Papierfetzen, wie Tumbleweed im Western.

»Lustig, gell?«, deutete ich die Worte, die von vorn kamen.

»Ja, superlustig!«, schrie ich zurück und versuchte mich hinter ihm zu ducken.

Er beugte sich tief über das Lenkrad und so kam ich mehr oder weniger auf seinem Rücken zu liegen. Wir fuhren in windschnittiger Haltung bis zur Donau. In Höhe Ruderclub fing es an zu regnen. Riesige Tropfen peitschten mir ins Gesicht.

Gut, dass du dich eine halbe Stunde lang onduliert hast!

An der Donaubrücke baumelte mein Kleid nass an mir herunter und ich versuchte es auf meine Schenkel zu raffen, damit es nicht in die Speichen kam. Entsetzt sah ich, wie meine weißen Wildledersandalen als solche nicht mehr erkennbar waren.

Mit zusammengekniffenen Augen schaute ich Richtung Münster. Düstere Schwaden und Regenschnüre verhinderten eine Sicht weiter als zehn Meter. Am Donaubad war ich durchnässt bis auf das Spitzenhöschen.

Ich ließ die Beine baumeln und setzte mich aufrecht. Jetzt musste Bruno sich anstrengen, es ging bergauf. Mein Blick fiel auf seine Hose. Das Prachtstück hatte sich mittlerweile so voll Wasser gesogen, dass es die doppelte Größe zu haben schien. Die Hosenbeine peitschten durch den Dreck, wenn die Pedale am unteren Punkt ankamen. Bei jeder folgenden Aufwärtsbewegung schleuderten mir Matschflocken genau zwischen die Augen. Ich versuchte mich zu orientieren. Definitiv Wald um uns herum. Das hieß, dass ich jetzt auch sitzen bleiben konnte. Mir war mittlerweile so kalt, dass ich schon den Yeti spürte.

Das zog sich aber auch! Wie Schlüpfergummi, würde Oma Hilde jetzt sagen. Mein Hintern hatte schon Dellen vom Gepäckträger. Nicht schön! Wenn das nicht ein Schloss war, in das wir fuhren, dann konnte der was erleben!

Der Killer.

Frau Madleners Warnung schoss mir durch den Kopf. Die Pathologen würden sich nach meinem Tod über die Kerben in meinen Oberschenkelknochen bestimmt wundern. Vielleicht sollte ich schnell noch eine Notiz in meinen Organspendeausweis machen …

»Da sind wir!«

Wir hielten auf einem Gehöft am Dorfrand an und er half mir vom Rad. Ich stakste auf ein beleuchtetes Fenster zu.

»Hier geht's rein.«

Bruno zog mich am Arm in die andere Richtung und schob mich durch ein kleines Holztor. Der Eingang zu einer Art Tenne. Überall standen alte Möbel verstreut. Hier hatte jemand versucht, es sich gemütlich zu machen. Fragend schaute ich Bruno an. Er strahlte immer noch.

»Warum gehen wir nicht ins Haus? Bist du verheiratet? Dann ist das hier aber 'ne Furzidee!«, fauchte ich ihn an. »Oder wohnst du noch bei deinen Eltern?«

»Das ist mein Zuhause.« Freudig zeigte er über den Haufen Sperrmüll! »Da drüben wohnt der Bauer.«

Der Adonis wohnte also in einer Scheune! Mir war zu kalt, um das richtig einsickern zu lassen.

»Hast du was zum Anziehen? Aber nichts Filziges!«

Er kam mit einem alten Jogginganzug, der so schlecht roch, dass ich es nicht fertigbrachte, ihn überzustreifen. Ich ließ ihn fallen und steuerte auf eine alte Decke zu, die über einem noch älteren Sofa hing, und schmiss sie mir über die Schulter.

Viel besser roch die auch nicht.

»Ich mach Feuer für dich!«, grinste er.

Nahm der Tabletten? Das Dauergrinsen musste doch eine Ursache haben.

Mit »Die Hose ist im Arsch!« versuchte ich seine Stimmung zu trüben.

»Ach, die trocknet wieder, wenn wir uns an den Ofen setzen.«

Tatsächlich flammte in einem kleinen Schwedenofen ein Span auf.

»Das dauert ein bisschen.«

Der riesige Mund schien mich zu verhöhnen.

»Ich will nach Hause, jetzt!«, zischte ich.

»Jetzt? Wir machen es uns schön gemütlich und trocknen dabei!«

Du grinsender Filzarsch!

Unter mir hatte sich eine Pfütze gebildet. Okay, in dem Punkt hatte er recht, zuerst antrocknen. Sobald sich keine Lachen mehr unter mir bildeten, würde ich mich aus dem Heu machen.

»Haste was zu trinken?«, fragte ich in der Hoffnung auf ein Gläschen Wein.

»Ja, frisch geernteten Heublumentee!«, antwortete er freudig erregt.

Oh mein Gott!

»Ich hab auch noch ne Flasche reinen Alkohol vom Kräutereinlegen übrig.«

Puh!

Von einem morschen Tischchen nahm er eine Blechkanne und stellte sie auf den Schwedenofen. Ich stand da, starrte ins Feuer und ab und zu auf meine Schuhe, die ich nur noch trocknete, um nicht nassen Fußes nach Hause zu gehen. Ein klarer Fall für die Mülltonne.

Bruno stand mir gegenüber und drehte sich eine Zigarette. Er verschwand kurz im Dunkeln und kam zurück, kräftig den Staub aus einer Tasse pustend. In der anderen Hand hielt er eine Flasche Schnaps. Er schüttete den Tee in die Tasse, goss einen kräftigen Schuss klaren Alkohol nach und reichte sie mir. Kurz überlegte ich, wie viel Keime er wohl beim Auspusten der Tasse reingespuckt hatte. Wahrscheinlich hatte die Tasse eh noch nie Wasser gesehen. Auf die abtötende Wirkung des Spiritus hoffend, genehmigte ich mir einen Schluck. Sicherheitshalber hatte ich die Tasse um 180 Grad gedreht.

»Pfui Deifel!« Ich spuckte das Zeug auf den Boden.

Hochprozentige Gülle!

»Mach 'n bisschen Zuckerrübensirup rein.«

Bruno griff nach einem Glas mit dicker brauner Soße. Ich rührte drei Löffel in die Brühe und kostete vorsichtig. Ein etwas größerer Schluck war schon gar nicht mehr so übel und der Rest der Jauche ging gleich hinterher.

Ich schaute Bruno an. Der Typ grinste immer noch.

Vielleicht kann er ja gar nichts dafür?

»Willste mal ziehen?« Er streckte mir seine Zigarette hin.

»Ja und mich setzen.«

Ich schaute mich um. Das alte Sofa war zu weit vom Feuer weg. Hinter mir stand ein Sessel. Auf dem hatten sich bestimmt schon Soldaten im Ersten Weltkrieg geräkelt. Ich nahm die Zigarette und ließ mich mit dieser und der Tasse vorsichtig auf der Antiquität nieder. Mir war schon fast warm.

Ich betrachtete die Scheune etwas näher. Im hinteren Teil entdeckte ich eine Leine mit Putzlappen.

Uups, das sind seine T-Shirts!

Vor dem Ofen hatte er ein großes Wagenrad auf einen Hackstock gehievt, das ihm als Tisch diente. Darüber pendelte ein kleineres Exemplar mit Kerzen bestückt.

Praktisch, nie Wachs auf der Tischdecke!

Sein Küchenbüffet sah aus, als ob er Hasenställe übereinandergestapelt hatte.

Vitrine Natur.

Ich zog an der Zigarette. »Boa, was ist denn das für 'n Kraut?« Ich musste husten.

Bruno, der eine zerbeulte Laterne anzündete, antwortete mit geschwellter Brust: »Selber gezogen, mit Bums!«

»Mit was für Bums?«

Ich musste lachen. Der Alkohol war mir ins Blut geschossen. Oder war was in der Zigarette? Die Asche fiel mir aufs Kleid, großmütig pustete ich sie davon.

»Was meinste denn mit Bums?«, fragte ich nochmal.

»Schöner Bums, befreiender Bums.«

Das war eine Tüte! Haschisch, Ecstasy, LSD oder was weiß ich! Deshalb war der Typ so beschwingt! Der war die ganze Zeit auf Droge!

Der totale Griff ins Klo! Du hormongesteuertes Schaf!

Irgendwie fand ich das gar nicht mehr so problematisch.

Echt komisch!

Ich grinste Bruno an, der sich vor mir auf den Boden gelegt hatte, eine Hand hinter dem Kopf verschränkt, in der anderen wieder die Tüte.

»Wie kommste denn zu so was hier?«, fragte ich ihn und nickte mit Kopf in Richtung dunklen Teil der Scheune.

Und Bruno legte los: Er war in einer Hippiekommune auf Ibiza aufgewachsen und fand den Spirit immer noch ergötzlich. Er erzählte und erzählte und mir fielen langsam die Augen zu.

Plötzlich sprang er auf und zog sich wie wild am Schritt. Ich war sofort hellwach. Outete er sich jetzt als perverses Schwein?

»Die Hose schrumpft.«

Seine Stirn hatte das erste Mal Sorgenfalten und er lächelte nicht mehr. Er zog und zupfte besorgt an seinem Schritt.

»Zieh sie doch aus«, schlug ich vor.

»Die geht nicht runter«, jammerte er.

Die Wirkung vom Bums lässt wohl nach.

Er riss und schob an der Hose, bis der halbe Hintern mir entgegenglänzte.

Bäh, kein Slip!

Als ich mir vorzustellen begann, wie die Hühner in der VHS sich um einen nackten Bruno drängten, um ihn beim Anziehen seiner Filzhosen zu bestaunen, beschloss ich zu gehen.

»Bruno, es war echt ein Erlebnis mit dir, jetzt ist mir aber wieder nach normal.«

Mein Adonis hatte sich innerhalb eines Nachmittages in ein sich am Sack zupfendes Rumpelstilzchen verwandelt und ich war ernüchtert.

»Kannst du irgendwie ein Taxi rufen?«

Die enger werdenden Hosenbeine wirkten wohl wie Antithrombosestrümpfe: Blut wurde wieder ins Hirn gepresst. Er schien zu realisieren, dass es zu einem anderen Bums wohl nicht mehr kommen würde.

»Okay, ich geh zum Bauer rüber und frag, ob er anruft«, sagte er und hüpfte davon.

Ich öffnete das Scheunentor und stapfte zur Straße.

Wenn ich das Nathalie erzählte! Ich sah ihren besorgten und doch amüsierten Blick schon vor mir.

Was glotzt der denn so?

Der Taxifahrer schaute auf keinen Fall amüsiert.

Als ich zu Hause am Spiegel vorbeiging, wusste ich, warum: Alice Cooper wäre stolz auf mich gewesen. Mein sexy Kleid ging nicht mal mehr als Vintage durch, sondern sah eher aus wie in vierter Generation von Heizern getragen.

Am nächsten Tag lud ich Chris bei strahlendem Sonnenschein ins Kino ein. Baggersee war ja nicht: Bakterien-, Fadenwürmer- und Filzhosengefahr! Nathalie hatte ich nur ganz kurz am Telefon, so dass ich meine Geschichte noch für mich behalten musste.

Kapitel 4 | *Nathalie*

Nachdem Sina sich mit »Bussi, bis Freitag!« am Telefon verabschiedet hatte, gab ich mir für meine vollständige Genesung gute drei Stunden Zeit, dann musste etwas Essbares auf dem Tisch stehen. Vielleicht verhalf dazu ein Gesundheitsbad. Die einzige Flasche Badezusatz, die ich fand, versprach laut Aufdruck: *Sinnlichkeit für Sie* – ein Geschenk von Chris zum Muttertag. Ich schaute in den Spiegel, sah meine rotgeränderten Augen, die verquollene Nase und hängenden Mundwinkel. Kein Badezusatz der Welt machte mich in diesem Zustand gesund und erst recht nicht sinnlich.

Ich verwarf den Gedanken an ein Bad, ging wieder nach unten und kochte Wasser für einen Tee. Viele meiner Bekannten schworen bei diesem Krankheitsbild auf dieses Getränk. Ich mochte eigentlich keinen Tee, deshalb fand sich unter meinen Vorräten einzig Nervenberuhigungs- und Entschlackungstee. Eine Anschaffung, als ich unter Ruhelosigkeit und mein Darm unter Trägheit litt. Nach dem Genuss der beiden Sorten damals stellte sich eine Umkehr ein. *Ich* war träge, mein Darm ruhelos.

Als das Wasser kochte, kam mir eine andere Idee. Ich nahm einen Teil Wasser zum Inhalieren mit Minzöl, vom Rest brühte ich mir einen kräftigen Kaffee auf. Danach ging ich nach oben und kuschelte mich in mein Bett. Schlafen konnte ich nicht, mir spukte Sinas Bruno im Kopf herum. Wie sieht ein »Bruno« aus? Nach Chris' Beschreibung vom Baggersee wussten wir: Er war »mager«. In meiner Phantasie hatte er lockiges, zum Verfilzen neigendes Haar, das auf die Schultern des beige-braunen Pullovers aus Kratzewolle fiel. Seine Füße steckten in selbst gestrickten Wollsocken und Gesundheitssandalen. Er ernährte sich fleischlos und das Schlimmste: Er hatte für alles in der Welt größtes Verständnis. Bruno … dass man seine Mitmenschen wegen ihrer Vornamen in eine Schublade steckte!

Über all den Gedanken schlief ich ein. Als ich erwachte, blickte ich auf die Uhr und erschrak, dass ich gerade noch fünfzehn Minuten Zeit hatte, eine Mahlzeit auf den Tisch zu bringen, ehe die Jungs nach Hause kamen, von denen zwei rasch wieder zum Nachmittagsunterricht mussten.

Vielleicht war ja noch etwas von den »Schupfnudle« da. Aufgewärmt schmeckten sie eh am besten. Die Pfanne stand auf der Spüle. Ich hob den Deckel. Keine Nudle – nur ein paar angebrannte Krautfäden lümmelten am Pfannenboden. Ach ja, Aufwärmtag war gestern.

In solch einem Fall gab es bei mir Pfannkuchen. Ich nahm die Teigschüssel, füllte Mehl ein und griff im Kühlschrank ins Eierfach.

»Scheiße, leer!«

Dann eben keine Pfannkuchen. Ich nahm Würstchen aus der Gefriertruhe, warf sie ins Wasser und taute Weckle in der Mikrowelle auf.

Alex kam als Erster von der Schule.

»Gibt es das zu Mittag?«, fragte er mit echtem Entsetzen. »Niclas und Sebastian wollten mich überreden, zur Imbissbude mitzukommen. Denen habe ich gesagt, ich hätte null Bock auf Würstle und so 'n Zeug.«

Darüber, dass ich mittags im Nachthemd in der Küche stand, verlor er kein Wort. Das schätzte ich an der unverkrampften Art der heutigen Jugend. Was sind für sie schon Normen.

»Eigentlich hätte es Filet vom Butt auf Basmatiteppich an gehobeltem Fenchel gegeben.«

»Ätzend, dann lieber Würstle.«

Inzwischen waren auch die beiden Anderen eingetrudelt.

»Mach doch mol wieder a Kürbissupp«, schlug Chris vor.

»Ich kann doch jetzt keine Kürbissuppe machen, es ist noch viel zu früh für Kürbis.«

»Dann mach se halt abends«, murmelte er kaum hörbar.

Als wir vier später am Esstisch versammelt waren – inzwischen hatte ich mein Nachthemd mit Pulli und Hose getauscht – bemerkte ich ganz nebenbei, dass Sina einen neuen Freund hätte. Das schlug ein bei den beiden Großen.

»Ist ja super, sie ist doch schon ziemlich alt, nicht dass sie noch überbleibt«, war Bennis Kommentar.

Dabei biss er kräftig in sein Weckle, wobei sich der Senf befreite und auf den Teller klatschte.

»Quatsch, alt, alt isch ma erscht ab … ungefähr vierzig«, verbesserte ihn Chris.

Gut, dass ich bis dahin noch locker ein paar Wochen hatte.

»Dasch Alter an schich ist nicht dasch Problem«, gab Alex zu bedenken. Er schluckte und fuhr fort: »Es kommt auf das Selbstbewusstsein und die Selbständigkeit der Frau an. Natürlich wird die Anpassungsfähigkeit einer Singlefrau an einen Partner geringer, je länger sie alleine gelebt hat. Sie wird lernen müssen, Rücksicht auf die Bedürfnisse des Partners zu nehmen.« Er holte kurz Luft und fügte an: »Wenn sie ihn behalten will.«

Erst starrten wir alle auf Alex, dann lachten seine Brüder los, sie konnten anscheinend mit diesem Resümee nichts anfangen. Ich aber war beeindruckt von seinen Ausführungen. Alex' Beziehung zu einem wesentlich älteren Mädchen, das schon im Berufsleben stand und in jeder Hinsicht unabhängig agierte, war vor einiger Zeit in die Brüche gegangen. Jetzt konnte ich mir einen Reim darauf machen.

»Wann sehen wir denn Sinas Neuen?«, fragte Benni.

»Sie bringt ihn am Freitag zum Abendessen hierher mit.«

»Aber Mama, du kochst doch nicht gern, können wir nicht lieber zum Essen ausgehen?«, schlug Benni vor. »In ein richtig schickes Lokal.«

»Unser ›chef de cuisine‹ will sich lieber bekochen lassen, als der Mama in der Küche zu helfen«, spottete Alex.

»Bitte, Alexander«, verteidigte ich Benni, während ich den Tisch abzuräumen begann, »eine Kochlehre ist eine solide Sache als Berufsziel für Benni.«

Bennis Traum, der noch gar nicht begonnen hatte, war die Leitung eines Hotels. Vor ihm lag allerdings noch die Abschlussprüfung an der Realschule und eine Ausbildung zum Koch. Die Suche nach einer Lehrstelle verlief bisher vergeblich.

»Ich weiß zumindest, was ich werden will, im Gegensatz zu dir. Irgendwas, irgendwo studieren. Nur gut, dass Papa dir beim *irgendwann* einen Strich durch die Rechnung gemacht hat«, konterte Benni.

Der Einzige am Tisch, der zu allem schwieg, war Chris. Ein Paar Wienerle, ein Weißwürstle und zwei Weckle ließen ihm keine Möglichkeit zu sprechen. Nachdem er sämtliche Brösel von Pullover und Hose gewischt hatte, legte er los: »Des isch wieder amol typisch, des jüngschte Kind isch immer 's Domme. I muss als Oinziger weiter in d' Schual ganga und Hausaufgaba macha!«

Ich schloss die Küchentür und räumte den Geschirrspüler aus, um ihn erneut zu befüllen … um ihn später wieder auszuräumen und wieder …

Das Leben ist schön und alles wird gut.

Durch die geschlossene Tür hörte ich meine drei immer noch diskutieren. War es nicht erst gestern, als sie sich noch um Schaufel und Förmchen im Sandkasten stritten? Bald würden sie ihre eigenen Wege gehen. Bei diesem Gedanken beschlich mich nicht das kleinste Unbehagen. Ich sah vor mir Einkaufswagen, über die ich schauen konnte. Wäschemengen, die den Boden meines Waschkellers noch erkennen ließen. Bügelwäsche, die man noch ohne Stützstrümpfe bewältigen konnte – ich bügelte im Stehen – und Töpfe in der Küche, die nicht die Größe von Sudkesseln hatten.

Am deutlichsten änderte sich in meinen Tagträumen allerdings die Farbe der Zahlen auf meinem Kontoauszug – von rot nach schwarz.

Ein Blick auf meinen Wandkalender brachte mich zurück in die Gegenwart. »9 Uhr Böller«, »10.15 Uhr Margit« stand dort für morgen vermerkt.

Beides waren Termine zur Kopfwäsche. Margit war meine Friseurin, Dr. Böller Bennis Klassenlehrer.

Dr. Böller saß ich einen Tag später im Elternsprechzimmer der Schule gegenüber, gesundheitlich noch immer angeschlagen, aus dem Kribbeln in der Nase war inzwischen ein richtiger Schnupfen geworden.

Ich wappnete mich, denn dieser Lehrer war bei seinen Schülern durch seine ausgeprägte, gnadenlose Offenheit verrufen.

Mir erschien genau das Gegenteil der Fall zu sein. Er kniff alles zusammen, die Augen nur noch Schlitze, die Lippen schmale Striche, seine ganze Körperhaltung ließ auf ein Analleiden schließen.

»Frau Hecht«, nuschelte er, blätterte dabei in einem Ordner und schlug eine Seite auf, die mit Namen und Noten versehen war.

Mein Blick folgte seinem vom Rauchen gelb verfärbten Zeigefinger, der sich langsam nach unten bewegte. Nach »Hartmann« und »Hebel« – »lauter Fünfen, die Nieten« – stoppte er bei »Hecht«. Was ich da im ersten Moment sehen konnte, relativierte die Noten von Hartmann und Hebel, die beiden waren rehabilitiert.

»Frau Hecht«, wiederholte er, »ich muss Ihnen sagen, Ihr Sohn hat wenig, um genau zu sein, gar kein Interesse mehr an der Schule.«

»Wie ungewöhnlich für einen 16-Jährigen«, wollte ich schon entgegnen. Natürlich war ich mit dem Lernverhalten Bennis vertraut, auch seine Noten waren mir bekannt, dachte ich zumindest. Aber musste der Verkniffene gleich mit der Tür ins Haus fallen? Er hätte erst erwähnen können, dass mein Kind in Musik und Religion den Anforderungen noch ausreichend entsprach, um später schonend zum Leistungsstand in den restlichen Fächern zu kommen.

»Die Versetzung ist wohl nicht gefährdet?«, fragte ich energisch, saß dabei ganz aufrecht und richtete meinen Blick fest auf Dr. Böller.

»Nein, gefährdet ist sie nicht.«

Ich atmete auf.

»Sie ist bereits ausgeschlossen.« Dabei zeigte er auf Fächer, in denen Bennis Leistung so mangelhaft war, dass schon ein »Ungenügend« dahinterstand.

»Oh!«, sagte ich kleinlaut und hoffte inzwischen auf eine Verwechslung mit dem mir unbekannten Hartmann oder zur Not auch noch mit Hebel. Ausgerechnet jetzt musste ich zu meinem Taschentuch greifen und mich schnäuzen.

»Entschuldigung, ich bin ein wenig erkältet«, erklärte ich mit nasaler Stimme.

Nicht dass der noch dachte, ich würde heulen wegen der Nichtversetzung meines faulen Sohnes!

Ich begann den Umstand der Nichtversetzung positiv zu sehen. Ja, ich war sogar von einem großen Druck befreit. Benni hatte ein Jahr länger Zeit, um einen Ausbildungsplatz zu finden.

Ich beschloss, der Muttersprechstunde ein schnelles Ende zu bereiten: »Herr Böller, ich danke Ihnen für die gute Nachricht und wünsche Ihnen einen schönen Tag«, sagte ich, stand auf, drückte ihm kräftig die Hand mit den gelben Fingern und verließ das Zimmer.

Für Herrn Böller ging der Schuss nach hinten los. Zwei Tage später fiel sein Unterricht wegen eines grippalen Infektes für eine Woche aus. Benni dankte mir für die erfolgreiche Virenübertragung.

Den Friseursalon Uhrle erreichte ich zwanzig Minuten vor meinem Termin.

»Eine tolle Bepflanzung«, stellte ich am Eingang fest und zeigte auf den Vorplatz. »Eine grüne Oase in einer Parkplatzwüste.«

»Danke«, sagte Margit, die mich freundlich begrüßte. »Ich hab noch eine Kundin, nimm noch ein paar Minuten Platz.«

»Ich würde mich gern etwas umschauen, danke.«

Ich schlenderte durch die Galerie, die in das Friseurgeschäft integriert war. Hier gab sich jemand große Mühe, den Salon zu etwas Besonderem zu machen. Bei welchem Friseur konnte man gleichzeitig sich und dazu noch sein Heim verschönern lassen? Der Chef hatte ein Händchen für außergewöhnliche Deko- und Kunstgegenstände. Ich hatte dafür schon ein Vielfaches mehr ausgegeben als fürs »Haaremachen«.

»Wir Künstler müssen zusammenhalten«, dachte ich und wünschte mir, ich könnte dort einmal meine Bilder ausstellen.

»Die rostigen Sachen, die du beim Uhrle kaufst, hat bei uns früher der Schrotthändler abgeholt«, hatte Harry verwundert bemerkt, als er meinen letzten Einkauf gesehen hatte, ein großes Windspiel aus Metall, das ich im Garten aufhängte. »Hoffentlich klimpert das nachts nicht zu laut.«

»Keine Angst, dein Schnarchen wird es schon nicht übertönen«, hatte ich verärgert gekontert.

Nachdem Margit ihre Kundin und ihren neuen trendigen Bob zum Ausgang begleitet hatte, kam sie auf mich zu. Schon seit Jahren wurde ich von ihr bedient. Eine super Friseurin, die bei mir leider nur mit »angezogener Handbremse« arbeiten konnte, wie sie immer bedauernd feststellte.

Bei jeder Terminvereinbarung fragte sie resigniert: »Wie immer nur waschen – schneiden – föhnen?«

»Ja, wie immer WSF: wenig weg – schnell schneiden – flott fertig.«

»Und Farbe!«, ermunterte sie mich. »Deine vereinzelten grauen Haare wären abgedeckt, sie hätten insgesamt mehr Glanz und würden lebendiger wirken«, beharrte sie. »Kastanie wäre sehr apart, vielleicht mit ein paar Glanzpunkten, sprich helleren Strähnchen am Oberkopf, was hältst du davon?«

»Wie die Prinzessinnen der Wüste: Hyäne, Schakal, Kojote, nein! Vielen Dank!«

Mit dieser abwegigen Ausflucht entschuldigte ich meine Angst vor Veränderung. Ich ärgerte mich, dass ich nicht den Mut für etwas Neues fand.

Ich nahm auf dem bequemen Sessel am Waschbecken Platz und genoss das Einmassieren des Shampoos.

Meine Friseurbesuche liefen immer gleich ab: »Gerne eine komplette Umgestaltung, Hauptsache, es bleibt alles unverändert.« Genauso verhielt es sich beim Klamottenkauf, auch dort ging ich mutig zur Sache. Ich liebte Farben … grau, schwarz und braun.

»Von der Länge nehmen wir diesmal ordentlich was weg. Kurz und peppig?«

»Beim nächsten Mal … vielleicht«, vertröstete ich Margit.

Mit meiner frischen, aber gewohnten Frisur verabschiedete ich mich von ihr und ging in das Reformhaus hinter dem Handyladen. Ich brauchte Beratung für den Speiseplan und dessen Umsetzung am Freitagabend. Meine Kochkünste erschienen mir immer unvollkommen, in alternativer Küche gingen sie gegen null.

Ich betrat ein Geschäft, der Größe nach ein »Reformhäusle«, in dem es nach einer Mischung aus Lebensmittelsupermarkt und Apotheke aussah und roch wie im Wäscheschrank meiner verstorbenen Oma, irgendwie pflanzlich, mottig. Ich hatte vergessen, ob ich den Geruch damals gemocht hatte oder nicht.

»Suchen Sie etwas Bestimmtes?«, flötete die Stimme einer jungen Frau, als ich mich verunsichert im Laden umschaute.

Auch das noch, ich alter Hausfrauenhase musste mich von diesem Mädchen, das ich auf höchstens zwanzig schätzte, bedienen und möglicherweise belehren lassen.

»Ich möchte meine Ernährung umstellen und weiß gar nicht, wo ich anfangen soll«, schwindelte ich ihr vor.

»Worauf konkret umstellen: vegetarisch oder frei von …?«

»Auf Fastfood … nein, einfach auf gesund«, unterbrach ich sie.

»Oh, das ist ein sehr umfangreiches Thema, haben Sie schon einmal an einen Volkshochschulkurs oder einen Vortrag Ihrer Krankenkasse zum Thema ›Gesunde Ermährung‹ gedacht?«

Sie führte die Fingerspitzen beider Hände in Brusthöhe zusammen. Dabei sah ich ihre abgekauten Nägel.

Na, Mädel, wohl Teil deines naturbelassenen Speiseplans …?

»Nein, darauf bin ich gar nicht gekommen.«

Ich wollte sie nicht damit abschrecken, dass sich meine Ernährungsumstellung auf einen Abend beschränken würde.

»Hmm … dann werde ich Ihnen ein klein wenig über die Grundsätze einer gesunden Ernährung erzählen«, sagte sie eifrig.

Oh nein …!

Ich hatte eine Lawine losgetreten und wurde begraben unter konventionell, biologisch, ökologisch, vollwertig, unter Pestiziden, Fungiziden, Gentechnik, Säure-Basen, Verdauung, Tierhaltung und Masthilfsmittel. Zwischendurch drückte sie mir immer wieder verschiedene Päckchen, Tüten und Gläser in die Hand und machte mich auf die Herstellerangaben aufmerksam.

Dabei bemerkte ich, dass ich sehr Kleingedrucktes nicht lesen konnte. Kurzsichtig war ich schon im Kindergartenalter gewesen, seit meinem achtzehnten Lebensjahr glich ich diese Sehschwäche durch Kontaktlinsen aus. Jetzt auch das noch. Immer wieder veränderte ich den Abstand zwischen meinen Augen und der Dose »Gefro Bio Africa Style«, die ich in Händen hielt, doch am Ende meines ausgestreckten Armes blieb immer noch jede Menge verschwommener Text übrig. Ich fixierte das Regal schräg hinter meiner Gesprächspartnerin, um zu testen, wie sich meine Augen bei Umstellung von nah auf fern und umgekehrt verhielten. Dann kehrte ich zurück zu meiner gluten- und lactosefreien Würze.

Ob beide Augen gleichermaßen betroffen waren, konnte ich nur durch das Abdecken jedes einzelnen Auges feststellen. Während meine persönliche Ernährungsberaterin kompetent weiterdozierte, deckte ich im Wechsel das rechte und das linke Auge ab. Nach fünf Versuchen stand fest: eindeutig weitsichtig beidseits! Ich wusste, das bedeutete, ich brauchte …

»… Veganismus.«

Veganismus. Das Wort holte mich zurück zu den Ausläufern der Erklärungslawine.

»So, ich denke, ins Detail sollten wir gehen, wenn Sie das eben Gehörte verinnerlicht haben«, schloss die allwissende Dozentin ihre fünfzehnminütige Ausführung.

»Sie haben recht, gehen wir zur Praxis über, mit ein paar Kochrezepten vielleicht«, drängte ich.

»Ja dann kommen Sie mal, wir haben hinten Bücher, die dieses Thema mehr oder weniger umfangreich behandeln, auch welche mit ganz konkreten Rezeptvorschlägen.«

Sie ging geradewegs auf einen Drehständer zu. »Haben Sie denn einen Garten, in dem Kräuter, Gemüse oder Obst wachsen?«

»Nein, nur Rasen mit Unkraut und eine Hecke.«

»Sagen Sie nicht Unkraut, wer weiß, wie viele Naturkräuter sich darunter befinden. Gänseblümchen zum Beispiel, hervorragend als Suppe geeignet, sage ich Ihnen.«

Ich wurde hellhörig. Noch nie hatte ich aus meiner Grünfläche mit Randgestrüpp etwas geerntet, geschweige denn auf den Tisch gebracht.

»Zeigen Sie mir das Buch, in dem dieses Rezept steht, ich kaufe es!«

Sie drehte am Ständer, stoppte und griff zielsicher zu. Direkt neben »Hanfrezepte – rauschfrei« zog sie das gewünschte Büchlein heraus. Ich blätterte kurz darin, sah dass von Suppe bis Dessert alles abgedeckt war, nickte und ging zielstrebig auf die Kasse zu.

»Haben Sie noch einen Wunsch oder irgendwelche Fragen?«

»Nein, vielen Dank, ich habe alles kapiert.«

Zuhause ging ich die Kochanleitungen sorgfältig durch, fühlte mich der Gänseblümchensuppe sowie den Rezepten auf Seite 17 und 36 gewachsen und schrieb eine Einkaufsliste.

Nachdem Sina uns zur Vorzeigefamilie erklärt hatte, wollten wir – nein ich –, dass wir uns rein äußerlich nicht zu sehr von ihrem Neuen abhoben. Leider waren wir allesamt in Richtung naturbelassener Kleidung schlecht aufgestellt.

»Soll ich mich wegen dem etwa verkleiden?« Harry schüttelte den Kopf.

»Wegen *dem*, wie klingt denn das. Nein, du sollst – na sagen wir mal, eben unverfälscht wirken.«

»Warum? Bin ich vielleicht geschminkt?«

»Könntest du dich zumindest mit dem Tragen deines Trachtenjankers anfreunden?«

»Meinetwegen«, kam mit einem tiefen Seufzer.

Na also, ging doch!

Für mich war die Sache nicht einfacher, ich hatte zwar ein sehr adrettes, weich fließendes Baumwollwickelkleid, das mit sommerlicher Bräune und meinen neuen hochhackigen Riemchensandalen prima aussah, aber leider war die sommerliche Bräune noch weniger eingetreten als die neuen Schuhe.

Da stand ich also in meinen Tieffußbett-Schlappen und sah aus wie den Kleiderstatuten der Amish People entsprungen.

Bruno würde sich wohlfühlen.

Am Freitagmorgen um sieben weichte ich das Grünkerngetreide ein.

Am späten Nachmittag, nachdem ich Zutaten wie Nüsse, Karotten und Kürbiskerne geraspelt, gestiftelt, gewürfelt, gehackt, gemischt und gewürzt hatte, wurde alles zu Grünkernbratlingen verarbeitet. Ich bereitete ihnen noch ein Bett aus Rucola und bewarf sie mit zerbröseltem Schafskäse. Als Dessert hatte ich eine Topfenterrine, als Getränk eine Ingwerbowle zubereitet.

Kurz nach 19 Uhr durchzog ein Geruch das ganze Haus, nicht schlecht, nur ziemlich fremd. Ich probierte nochmals meine Gänseblümchensuppe, auch nicht schlecht – noch fremder. Harry, der sich die ganze Zeit nicht sehen ließ, steckte den Kopf zur Tür herein, ließ seinen Blick einmal durch die ganze Küche schweifen und sagte nur: »Beeindruckend.«

Am Küchenfenster fuhr ein Auto vorbei und steuerte unseren Garagenvorplatz an. Wow! Ein todschickes Cabrio.

Bruno und so ein Schlitten? Feng Shui trifft extremen CO2-Ausstoß?

Den Fahrer sah ich nur kurz im Profil, er wurde von Sina verdeckt, die ich auf dem Beifahrersitz an ihrer wallenden Mähne erkannt hatte. Wer aber war die Blondine auf dem Rücksitz?

Ich drehte am Radioknopf »Guten Abend, Baden-Württemberg« leiser, zog meine Schürze aus, fuhr mir durchs Haar und mit den Mittelfingern an den unteren Lidrändern entlang: Wimperntusche-verschmiert-Kontrolle.

Es klingelte. Harry war bereits an der Tür und öffnete unseren Besuchern. Als ich ihnen einen Augenblick später gegenüberstand, setzten bei mir die Reflexe einer unerwarteten Situation ein: erschrecken – erkennen – reagieren: Dieser Mann – konnte nicht Bruno sein – ich reagierte … gar nicht.

Sina, die wie immer einfach klasse aussah, beendete die peinliche Situation, küsste uns zur Begrüßung herzlich auf die Wangen und zeigte dann auf ihren Begleiter, den ich auf Ende vierzig schätzte. Er nahm meine Hand, beugte Oberkörper und Kopf leicht nach vorne und deutete einen Handkuss an. Schnell zog ich meine nach Knoblauch stinkenden Finger zurück.

»Gestatten, Jean Pascal«, sagte Bruno.

»Freut mich sehr, Hecht, Nathalie Hecht«, entgegnete ich verunsichert.

Danach begrüßte er Trachtenjanker-Harry, eine Begegnung zwischen Luis Trenker und Sky Dumont. Mir tat Harry leid neben dem großen, schlanken, braun gebrannten Jean Pascal, der mit einem perfekt sitzenden Anzug bekleidet war, einem eleganten Hemd mit passendem Seidenschal und feinsten, sicherlich italienischen Schuhen. Unter der Manschette des linken Armes blitzte eine Rolex hervor.

»Harry, du hattest mir versprochen, dass du dich umgezogen hast, bis unser Besuch kommt. Jetzt geh bitte rasch.«

Ein lahmer Rettungsversuch. Wir standen vor unseren Gästen wie Hänsel und Gretel.

Dann trat Jean Pascal zur Seite und ich sah die Blondine vom Rücksitz auf unserem Fußabstreifer sitzen.

Abermals sagte Jean Pascal »Gestatten«: »Gestatten, Comtesse Peluche Clébard, eine sehr wertvolle Hashirin-Afghanenhündin.«

»Der Dackel!«, platzte es aus mir heraus und ich sah Sina dabei fragend an.

Ich hatte extra das karierte Hundemäntelchen, das der erste Waldi meiner Eltern getragen hatte, als Willkommensgeschenk für den vierbeinigen Gast besorgt und stellte mir nun dieses kleine, rustikale Teil auf dem Rücken der elitären Hundedame vor. Bei einer Schulterhöhe von geschätzten siebzig Zentimetern wirkte Comtesse damit vermutlich wie ein gesatteltes Pferd. Bei dieser Vorstellung musste ich derart lachen, dass alle, wohl eher aus Verlegenheit, mit einfielen.

Dies lockte Benni und Alex aus ihren Zimmern. Sie kamen die Treppe herab, begrüßten Sina mit einem Grinsen und den fremden Gast höflich, aber zurückhaltend.

»Wo ist Chris?«, fragte ich die Jungs.

Vier Schultern zuckten kurz in die Höhe.

Dass ich mir nicht abgewöhnen konnte, eine Frage zu stellen, wenn ich eigentlich eine Bitte aussprechen sollte! Oder es am besten gleich selbst erledigte.

»Entschuldigt bitte, ich hol ihn schnell. Sina du bist doch wie zuhause hier, geht doch schon mal vor, bin gleich wieder da«, sagte ich.

Chris saß auf seinem Bett und hielt das alte Fotoalbum von Harry aufgeschlagen in den Händen. Das Leben der Familie Hecht auf schwarz-weißen Fotos mit gezacktem Rand. Liebevoll mit transparenten Fotoecken auf schwarzen Karton geklebt und mit weißem Stift fein säuberlich von Harrys Oma beschriftet.

»Schau mal, Mama, do isch dr Martin von dr Sina drauf. Mit ganz enge Hosa. Und die Frisur, die sieht ja komisch aus«, kicherte Chris.

Das konnte nun wirklich nicht sein, aber dafür hatte ich jetzt keine Geduld.

»Ja, ja, Schatz, das schau ich mir mal an, wenn ich Zeit habe. Komm jetzt mit nach unten!«

»Schau doch, Mama, was der do für Hoor hot.«

»Ja, schön, aber jetzt komm.«

»Des isch doch it schee, die sind doch falsch rom. Dr Pony isch ja länger als die Hoor henda«, widersprach er.

»Ja, jetzt geh mit, wir wollen gleich essen«, drängte ich und wir gingen nach unten.

Als Chris Sina sah, zupfte er sie noch vor der Begrüßung am Ärmel und fragte unbekümmert: »Du, Sina, gell, des isch net der vom Baggersee«, und mit Blick auf den Vierbeiner: »Aber oiner mit Hund gfällt mir sowieso besser.« Dabei strich er Comtesse Peluche Clébard gleich arglos über den Kopf und fragte zu Jean Pascal gewandt: »Gell, des isch a Cocktail-Spanier?«, und ohne die Antwort abzuwarten fuhr er fort: »Isch des a Männle oder a Rüdin?«

Comtesse Peluche Clébards Reaktion auf so viel Fachwissen: Sie drehte ihren Kopf zur Seite, hob die Schnauze blasiert nach oben, schloss für einen Moment die Augen und gähnte gelangweilt.

Später am Abend wurde sie nur noch Comtesse PC genannt, das kam vor allem unserem kleinen Chris zugute, der mir irgendwann leise ins Ohr geflüstert hatte: »Mama, i woiß gar net, welcher der Vorname von dem Hund isch.«

»Schatz, würdest du bitte einen Aperitif anbieten, ich bin gleich bei euch«, lächelte ich in die Runde und schob Harry, der sich seines Jankers entledigt hatte, ganz sanft ins Esszimmer.

Ich nahm aus der Handtasche, die an der Garderobe hing, mein Handy, ging nach oben und wählte Sinas Nummer. Ich hörte ein unsicheres, langes »Jaaaa?«. Sie erkannte natürlich auf dem Display meine Nummer. Ich war versucht zu sagen: »Ein Stockwerk höher – und zwar zackig«, doch das erschien mir ungehobelt und ich bat sie einfach, ins Schlafzimmer zu kommen. Es kam ein leises, langes »Okay?«.

Als sie erstaunt vor mir stand, überfiel ich sie: »Warum Jean Pascal und nicht Bruno, warum Afghane und nicht Dackel?«

»Ich habe nie gesagt, dass ich Bruno mitbringe«, verteidigte sie sich. Und kleinlaut fügte sie hinzu: »Und mit Hundesorten kenne ich mich einfach nicht genau aus. Morgen ruf ich dich an und erzähle dir alles, das geht nicht auf die Schnelle.«

Als wir gemeinsam nach unten gingen, hörte ich sie noch murmeln: »Ich dachte, ich soll ins Schlafzimmer kommen, um dich in Kleidungsfragen zu beraten.«

Ich ging in die Küche, atmete nochmals tief durch und trug das Essen auf. Jean Pascal sah aus, als ob er Hummer, Lachs, Kaviar und Champagner gewohnt war. Deshalb wollte ich ihm wenigstens meine Ingwerbowle ersparen und ließ sie in der Küche stehen. Ich schämte mich schon genug für meine unpassende Menüwahl.

Benni hatte den Tisch liebevoll gedeckt. Zum Kochen hatte er keine Lust, nur die Deko übernehme er, hatte er versprochen. Farblich passend zum Geschirr hatte er die Servietten gewählt, sie sorgfältig zusammengerollt, und getreu dem Motto »Wir lieben es natürlich« hatte er jede mit einem Streifchen Jute und Bast zusammengebunden. Ich trug das Essen auf und Harry schenkte den Wein ein.

In dem Moment dachte ich an die russischen Gastgeberinnen, die angeblich selbst ein Glas umwarfen, damit die Gäste keine Angst mehr vor Missgeschicken ihrerseits hatten. Schöne Geste, dachte ich, bedauerte jedoch die Weinverschwendung und den eventuellen Glasbruch und ließ stattdessen beim Servieren einen Bratling auf die Tischdecke klatschen. Das musste als Wohlfühlgeste für meine Gäste reichen.

»Hoppla!«, sagte Jean Pascal.

»Na Sdarowje!« kam vom kopfschüttelnden Harry, der mich durchschaut hatte und um meine schwäbische Sparsamkeit wusste.

Alle außer Jean Pascal aßen ausgesprochen verhalten. Nur er wollte von jedem Gang einen Nachschlag.

»Ach, weißt du, Nathalie«, sagte Jean Pascal – wir duzten uns inzwischen alle, »wenn Haute Cuisine alltäglich ist, gestaltet sich diese Hausmannskost als eine delikate Abwechslung.«

Das ging flüssig runter – wie später die Ingwerbowle durch den Ausguss.

Leider hatten wir an diesem Abend nicht sehr viel von Jean Pascal erfahren, nur dass er französische Vorfahren hatte und seine Mutter – er nennt sie Frau Maman – sehr schätzt. Harry ließ im Nachhinein kein gutes Haar an Jean Pascal, was mich sehr verwunderte, denn wie dusselig auch immer Sinas Begleiter sich in der Vergangenheit anstellten, er fand sie abschließend immer »supi«. Jeder noch so unbedeutende Bekannte von Sina war für ihn der perfekte Nachfolger für ihren Exfreund Martin.

Ich allerdings bedauerte immer noch, dass Martin nach acht Jahren glücklicher Beziehung das Angebot in den Staaten angenommen hatte. In meinen Augen waren alle anderen Luschen. Zum Beispiel der Dings … Wie hatte er noch mal geheißen?

Jedenfalls, es war ein Sonntag gewesen und das Wetter wie geschaffen für eine Radtour. Angenehme Temperatur und windstill. Wir verabredeten uns für den späten Vormittag, um ohne Stress ein paar Kilometer zu radeln und anschließend ein gemütliches Picknick abzuhalten. Harry war zuständig für die Fahrtroute, die Kinder für das Bereitstellen der Räder und ich für den Inhalt des Picknickkorbes. Sina half mir noch beim Belegen der Brote. Wir waren startklar und warteten im Vorgarten auf unseren letzten Tourteilnehmer. Mit fünfzehn Minuten Verspätung bog Sinas Bekanntschaft in unsere Straße ein und uns Erwachsenen verschlug es die Sprache. Bei den Kindern löste sein Anblick das genaue Gegenteil aus. Ich konnte gerade noch verhindern, dass sie mit Fingern auf ihn zeigten und sich lachend und auf die Schenkel klopfend auf den Rasen warfen.

Bevor er von seinem Rad abstieg, musste er seine Füße nicht wie unsereins einfach vom Pedal auf die Erde setzen, nein, er musste die Schuhe seitlich *lösen*. Er trappelte mit ihnen über unseren Vorplatz, als wäre dieser vermint.

Harry musterte währenddessen das Rad mit Kennerblick.

»Die Firma baut nur hochpreisige Räder, der Inhaber war selbst eine Radlegende, ich glaub, er ist allerdings schon verstorben«, flüsterte er mir zu. In Richtung Neuankömmling rief er: »Toller Hobel!« Dabei stellte er sich schützend vor sein Hollandrad.

Formel eins trifft Seifenkiste.

»Schatz, ich glaube, du brauchst dein Rad nicht zu verstecken, er wird es sowieso sehen.«

An Harrys Mountainbike war die Schaltung defekt, so dass er auf mein Zweitrad, Modell »Holland«, zurückgreifen musste.

»Gut, womit der sich fortbewegt, ist seine Sache, von mir aus auf dem Fahrrad eines Toten«, bemerkte er darauf wieder leise, »aber dieses Outfit, nein, von dem Typ distanziere ich mich.«

»Heißt das, du fährst nicht mit?«, fragte ich erschrocken.

Ich musste zugeben, auch ich war etwas irritiert. Wir trugen Jeans, T-Shirt und Turnschuhe. In meinem Fahrradkorb befand sich außer Proviant noch für jeden eine Nylonjacke, das war alles. Der Auftritt von Sinas Bekanntem hingegen war wirklich spektakulär. Er schien unter brasilianischer Flagge zu fahren, denn die Grundfarbe seiner hautengen Montur war grün, darauf gelbe Rauten und blaue Punkte. Zwei weiße Paspeln liefen von der Schulter über die Brust bis zum Saum der Radlerhose, die kurz nach dem Schritt bereits endete. Natürlich trug er passende Handschuhe, eine gelbe Sonnenbrille und einen auf die Ausrüstung abgestimmten gelbgrünen Helm. Nicht einmal die blaue Trinkflasche, die am Fahrradrahmen befestigt war, tanzte farblich aus der Reihe.

»Nathalie, schau mal«, raunte Harry mir weiter zu, während Mr. Bike Sina begrüßte, »das ist ein Einteiler, na prost Mahlzeit, den möcht ich beim Pinkeln sehen!«

»Können wir endlich?«, fragten die Jungs ungeduldig, woraufhin Harry die Spitze übernahm.

Wir starteten nach Westen, der Blau entlang, eigentlich wunderbar zu radeln. Aber Harry verwarf immer wieder seine Streckenplanung mit dem Hinweis: »Ich weiß da eine Abkürzung«, die uns über holprige, steinige Feldwege führte. Bei der dritten Abkürzung, die uns zwanzig Minuten kostete, hatte ich meinen Harry durchschaut.

Der Rennradler geriet mächtig ins Eiern. Wir hörten ihn mehrmals hinter uns fluchen.

»Heiliger Bimbam, so eine Kacke!«

»Ich glaub, das ist der Schutzpatron der Radfahrer«, vermutete Benni.

Auf befestigten Wegen versuchte er sich allerdings als Ausreißer, das geschlossene Hauptfeld weigerte sich einfach, ihm zu folgen.

»'nen Porsche unterm Hintern, doch leider Zone 30«, bemerkte Harry uns gegenüber schadenfroh.

Nach knapp zwei Stunden Fahrt fanden wir ein schönes Plätzchen zum Rasten: eine gemähte Wiese am Waldrand und gefällte Baumstämme zum Sitzen, nicht weit entfernt von der Burgruine Rusenschloss.

Nur der brasilianische Porsche fühlte sich noch nicht ausgelastet.

»Ich mach noch ein paar Kilometer und komm wieder hierher!«, rief er uns zu und fuhr weiter.

Es dauerte nicht lange und er flitzte wieder an uns vorbei.

»Warum kommt denn der schon zurück?«, sagte Sina mehr zu sich selbst.

»Na, der kennt sich doch hier nicht aus, wo soll der denn hinradeln?«, war Harrys Theorie. »Pass auf, nach dem Eiersalat ist es wieder so weit«, fügte er noch an und öffnete die Tupperdose.

Tatsächlich, Harry spießte gerade das letzte Essiggurkenstückchen auf seine Gabel, da querte unser Sportsfreund erneut. Dies wiederholte sich bis zu unserem Nachtisch, einem Power-Müsliriegel, in regelmäßigen Abständen.

»Der kommt scho des sechste Mol!«, zählte Chris und wir saßen dabei auf den Baumstämmen wie auf der Tennisplatztribüne, Köpfe nach links, Köpfe nach rechts. Als unser Sportsfreund nochmals lässig die Hand hebend an uns vorbeiraste, packten wir unsere Sachen zusammen und brachen auf – in die entgegengesetzte Richtung.

Erst viel später machte ich mir einen Reim darauf, warum Harry im Nachhinein auch diesen, wie er ihn nannte, »beneidenswerten Individualisten« in den höchsten Tönen lobte. Sina sollte wieder in feste Hände. Seine Hypothese war: Eine Singlefrau hat als beste Freundin womöglich einen schlechten Einfluss auf seine Ehefrau. Bei Jean Pascal war das anders, er konnte trotzdem nicht vor Harry bestehen.

»Bei diesem Typen schwillt mir der Kamm, wenn ich schon höre: ›Französische Vorfahren‹. Meine Ururgroßmutter hat mal auf ’nem schwedischen Fischkutter gepoppt, hab ich deswegen skandinavische Vorfahren?«, stellte er in den Raum.

»Und dieser Hund … gut, der kann ja nichts dazu, aber sag, würdest du so einen Zottel ›Comtesse Plüschkleber‹ nennen?«

»Dennoch, Jean Pascal ist ein toller Mann mit tadellosen Umgangsformen, er sieht prima aus und wohnt in einem Schlössle. Vor allem, hast du gesehen, wie charmant er zu Sina ist?«, wandte ich ein.

Auch das ließ Harry nicht gelten. Ich hätte es wissen müssen, er war voreingenommen, für seinen Geschmack sah Jean Pascal zu gut aus. Harrys Sympathien gehörten dem Durchschnittsmann, lag der äußerlich darunter, war’s auch nicht schlimm.

Restlos beeindruckt war ich von Jean Pascal, als Sina Tage nach unserem Abendessen anrief und von einem bevorstehenden zweitägigen Kurzurlaub am nächsten Wochenende erzählte. Wohin, verriet sie nicht.

»Du und ich«, kam kurz und bündig aus dem Telefonhörer.

»Wieso ich?«, fragte ich erstaunt.

»Die Reise war ursprünglich für mich und ihn gedacht, aber ihm kam ein Termin im Wirtschaftsministerium dazwischen, den er nicht absagen kann. Und so hat er vorgeschlagen, dass du mich begleiten sollst.«

»Ich? Ja, was kostet denn der Spaß?«

»Jean Pascal hat gesagt, du brauchst ihm nichts bezahlen, kleine Revanche für's gute Essen.«

»Meinst du, ich kann die Jungs …?«

»Kannst du!«, fiel Sina mir ins Wort. »Du regelst alles, richtest deine Sachen her und am Abend vorher komme ich noch vorbei.«

Kapitel 5 | *Sina*

»Da bist du ja endlich!« Nathalie riss die Haustür auf.

»O sole mio …«, trällerte ich laut und falsch.

Sie griff nach meinem Arm und zog mich ins Haus. »Müssen wir ins Schlafzimmer oder ist alles stubenrein? Ich platze nämlich schon.«

Wichtige Dinge, die nur für Frauenohren bestimmt waren, besprachen wir in der kinderfreien Zone.

»Alles ganz harmlos«, grinste ich und drückte ihr zur Begrüßung rechts und links einen Schmatz auf die Wangen und eine Flasche Sekt in die Hand.

Ungeduldig schob sie mich von sich und schaute mich auffordernd an: »Du hast mich am Telefon ganz schön neugierig gemacht mit dieser Reise, und was aus Bruno geworden ist, würde ich auch gerne wissen.«

»Also, das war so …«, wollte ich anfangen zu erklären.

In dem Moment kam Harry aus dem Wohnzimmer, schaute von einer zur anderen und sagte schelmisch: »Na, ihr Zwetschgen, noch nicht im Schlafzimmer?« Er kam auf mich zu und strubbelte mir durch die Haare.

»Ich hasse das!«

»Was? Eure Geheimniskrämerei?« Er zwinkerte mir zu, küsste seine Frau und verschwand mit seinem Tennisschläger durch die Haustür.

Nathalie schob mich in die Küche, nahm zwei Sektgläser aus dem Schrank und stellte sie auf den Tisch. »Ich muss schnell mein Atelier aufräumen und währenddessen schau dir mal das Fotoalbum auf dem Esstisch an, die aufgeschlagene Seite, das Foto rechts oben. Wen erkennst du darauf?«

Sie öffnete eine große Tasche, die sie liebevoll als ihr Atelier bezeichnete, und fing an, ihre Malutensilien einzupacken.

»Wen soll ich denn darauf erkennen? Sieht aus wie in den Sechzigern.«

»Also, wenn der Typ mit dem schmalen Anzug und den spitzen Schuhen nicht aussieht wie Martin, sag ehrlich, Sina, die Ähnlichkeit lässt sich doch nicht leugnen. Chris hat mich darauf gestoßen, er dachte sogar, es wäre Martin.«

»Na ja, irgendwie könnte man tatsächlich meinen, dass …«

»Das ist Onkel Hans als Teenie«, fiel mir Nathalie ins Wort. »Verstehst du denn nicht?«

»Nö, was soll ich da verstehen?« Ich griff mir die Flasche Sekt.

»Na, die beiden Geschichten, du kennst doch die beiden Geschichten, die machen doch jetzt einen Sinn. Das ist so romantisch!«

Mir flutschte der Korken aus der Flasche und er machte sich rasend schnell auf den Weg in Richtung Zimmerdecke. Er hinterließ eine kleine Delle im Verputz und landete mit einem »Plopp« auf den Fliesen.

»Was? Ich schnall's nicht. Welche Geschichten, hast du an der Nitroverdünnung geschnüffelt?«

»Aber das kann doch sein! Nein, es ist so. Ich hab schon alles durchgerechnet, alle Daten und Umstände passen zusammen.«

»Wovon um Gottes willen redest du?«

»Na, Onkel Hans und Martins Mutter, die Lore.«

»Martins Mutter hieß Hanni.«

»Ja, ja, aber die Frau, du weißt schon, die große Liebe von Hans, die hieß Lore.

»Aber du hast mir doch erzählt, euer Onkel hat sie Loreley genannt, weil sie irgendwo vom Rhein war, nicht weil sie Lore hieß.«

»Onkel Hans hat nie ihren genauen Namen erwähnt und auch nicht, woher sie kam. Das hat Harry sich zusammengereimt. Ich sage, Hans nannte sie Loreley, weil Lore ein Teil ihres Namens war und das ›-ley‹ hat er als Koseform angehängt. Es liegt also auf der Hand.«

»Was?«

»Na, Hannelore, die Frau hieß Hannelore, auch Hanni oder Lore genannt oder Loreley.«

»Also Natze, jetzt geht's aber mit dir durch! Wohl zu viel Rosamunde Pilcher reingezogen?«

»Mach dich ruhig lustig über mich. Beide Geschichten passen genau zusammen.«

»Klar, auf dem kleinen Kontinent Afrika treffen sich in der übersichtlichen Menge von einer Milliarde von Einwohnern Lore und Hans aus 'm Ländle. Verlieben sich, schwängern sich und Hans wird dann leider von einem Affen in den Dschungel verschleppt. Der Lore ist das nun wieder peinlich, man stelle sich vor: Ihr Held verschleppt und dann noch von einem Affen …!« Ich seufzte. »Also Nathalie, wirklich. Ich dachte immer, ich bin die mit den durchgeknallten Bildern im Kopf.«

»Genauso war es!«

»Ach Natze, du bist verrückt. Sollte ich jemals im Leben Martin noch mal begegnen, werde ich ihn um eine Hautschuppe zur gentechnischen Klärung bitten.«

»Tu das! Wirst schon sehen, was der DNA-Text dann verrät«, murmelte Nathalie beleidigt und schmiss ihren Lappen in einen Eimer.

Sie drehte eine Staffelei um und wollte gerade ein Tuch über das Bild legen.

»Das ist ja der Wahnsinn, wann hast du denn das gemalt?« Ich stand vor einer wunderschönen Gebirgslandschaft.

Sie sah mich kurz an und schon lächelte sie wieder. »Soll eine Serie werden, male ich schon ewig dran. Aber lassen wir das. Jetzt erzähl du, ich bin so gespannt.«

Ich kannte diese Flecken in ihrem Gesicht nur zu gut.

»Wo ist Bruno abgeblieben und wohin verreisen wir?«

»Hast du alles organisiert und gepackt?«

»Ja, Harry hat sich als Bedingung eine zwanzigjährige blonde Familienhelferin gewünscht und die Kinder Essen auf Rädern. Passt schon! Es ist ja Wochenende und Sonntagabend sind wir wieder zurück. Aber warum sollte ich abgetragene Klamotten einpacken?«

Ich verschluckte mich fast an meinem Sekt. »Abgefahrene Klamotten, du Schaf!« Ich musste lachen.

»Ist doch das Gleiche, habe ich jede Menge.«

»Nein, Sachen, die du sonst ins Theater anziehen würdest oder zur Oscarverleihung.«

»Aha!« Sie schaute mich verzweifelt an und leerte ihr Glas in einem Zug. »Auf den Oscar habe ich bis jetzt immer verzichtet, weil ich nichts zum Anziehen hatte. Jetzt weiß ich immer noch nicht, wohin wir verreisen.«

»Jean Pascal hat für uns zwei Nächte im *Palace Hotel* in Livigno gebucht. Fünf Sterne! Wir fahren gen Italien!«

Nathalie zog fragend beide Augenbrauen nach oben, dann kicherte sie: »Genitalien! Dass mich eine Gänseblümchensuppe mal so weit nach unten bringt!«

Ich goss ihr nach und hielt ihr mein Glas zum Anstoßen hin.

»Stößchen, auf Italien, du Zwetschge! Und jetzt lass mal sehen, was du zu bieten hast!«, sagte ich, ging ins Schlafzimmer und setzte mich aufs Bett.

Ich übernahm, wie Richard Gere in »Pretty Woman«, die Rolle des Kritikers und ließ Nathalie in unterschiedlichsten Outfits auf- und abmarschieren.

»Da bist du rausgewachsen!« – »Geht gar nicht!« –»Wie vor dem Melken!« – »… nach dem Melken«. Es steigerte sich bis »Reeperbahn«. Wir amüsierten uns prächtig.

Auf ein klares »Stößchen« meinerseits kam von Nathalie schon ein »Stöschchen«.

»Ich weiß, was Männerherzen höher schlagen lässt!«, kreischte sie und verschwand im Schrank.

So aufgedreht hatte ich sie lange nicht gesehen.

»Hol die Flasche Wein aus dem Kühlschrank!«, kam es dumpf, während sie im Schrank polterte und rumorte.

Als ich zurückkam, schnarrte »Highway to Hell« aus dem Radiowecker und Nathalie tanzte ekstatisch in Plateauschuhen, pinkfarbenen Leggins und einem gehäkelten Bolero. Das Ding erinnerte mich an die Topflappen meiner Oma Hilde. Die Größe kam auch hin. Mir fiel die Kinnlade runter.

»Du verarschst mich, oder?«

»Das hab ich mir zum Frühstück vorgestellt, ist bis zum Abend steigerungsfähig …«, kicherte Nathalie, nahm mir den Wein aus der Hand und schenkte uns nach.

»Mit diesem Oberteil kauft jedenfalls keiner die Katze im Sack.« Anerkennend zog ich die Mundwinkel nach unten und die Brauen nach oben.

Beim nächsten »Stößchen« schmissen wir uns kreischend aufs Bett.

Als wir uns halbwegs wieder beruhigt hatten, machten wir uns doch ernsthaft an die Auswahl und stopften alles in eine Reisetasche. Zufrieden nahmen wir unsere Gläser und gingen nach unten.

Die Buben saßen im Wohnzimmer und schauten fern.

»Hi, Jungs!«, begrüßte ich sie.

Chris strich ich zärtlich übers Haar. Ich durfte das.

»Noch nicht gesehen, aber schon gehört«, sagte Alex cool.

»Ihr habt's ja lustig«, kam von Benni und Chris drehte sich angewidert weg.

»Boa, ihr stinkt nach Schnaps.«

»Na, na, na, junger Mann, Vorsicht!«, sagte Nathalie, schenkte nach und wir setzten uns an den Esstisch.

»Schieß los! Wo und wann hast du Jean Pascal aufgerissen?«, fragte sie und nippte am Weinglas.

»Klassisch, ganz klassisch, vor Wochen schon! In der Bank stand ein Typ vor mir, der die ganze Zeit nur rumwurstelte. Die Bankschnecke, schon ganz aufgelöst, schüttelte immerzu den Kopf. Der Typ hatte dann nichts Besseres zu tun, als sich ständig nach mir umzudrehen. Erst dachte ich, der findet meinen Diskretionsabstand zu gering, und bin zwei Schritte zurückgeschlichen. Aber der hat immer weiter gespechtet. Der nahm Witterung auf!«

»Waidmanns Heil!« Nathalie hob ihr Glas.

»Dann geh ich ins *gelato divino* und rat mal, wer da an der Theke steht.«

»Der Jägersmann!«

»Genau! Und lädt mich auch prompt zu einem Prosecco ein!«

»Das Reh läuft freiwillig vor die Flinte!«

»Von der Schweißspur gleich auf die Schlachtbank sozusagen.«

»Bäh, du immer mit deinen Bildern.«

»Wie kam er denn bei den Hechts so an?«

»Warnen hättest du mich schon können. Dann hätten wir von öko noch auf opulent geschaltet.«

»War doch auch so ganz amüsant und das mit der geschenkten Reise ist doch edel?«

»Ja, lumpen lässt er sich ja offensichtlich nicht!«

»Ich hab mir alles schon genau vorgestellt. Wir fahren mit meiner Giulietta morgen früh gemütlich durch die Schweiz, nehmen dort ein spätes Frühstück in Klosters und reiten dann mittags durch den Tunnel in Livigno ein.«

»Au ja, wir zwei Grazien mit Seidenkopftuch! Das ist doch einen Ramazzotti wert!« Nathalie stand auf und ging an die Hecht'sche Hausbar. Zögerte kurz. »Der rutscht auch ohne Eis und Zitrone«, sagte sie dann.

»Dann können wir noch ein bisschen shoppen und abends lassen wir es in der Disco krachen«, fuhr ich fort.

Nathalie sackte ein wenig in sich zusammen und murmelte kleinlaut in ihr Ramazzottiglas: »Oder wir gehen schön essen und dann machen wir es uns mit italienischen Leckereien vor dem Fernseher gemütlich.«

»Nö, Natze! Die schönen Sachen aus der Reisetasche wirken richtig scharf unter Schwarzlicht. Ich seh dich schon mit deinem Häkelteil schaukeln.«

»Da sieht man doch die Wäsche so durch«, argumentierte sie, »und all die Fussel.«

»Dann ziehst du halt was Schwarzes drunter.«

»Ich habe nur Weißes. – Und Fleischfarbenes. – Und was Rotes – für zuhause.«

»Siehsch, deshalb müssen wir nach Italien. Rot muss normal werden. Ich sag dir doch immer, du brauchst dich wirklich nicht zu verstecken. Zeig dich!«

Nathalie griff nach der leeren Weinflasche und goss sich bereits zum zweiten Mal vergebens nach.

»Das sagst du nur, weil du meine Freundin bist, genauso wie du aus Loyalität meine Bilder kaufst.«

»Ach, Nathalie, du bist meine beste Freundin. Wenn du wüsstest, wie ich dich manchmal beneide …«

Ungeduldig unterbrach sie mich: »Um was denn, um meine vier furzenden und rülpsenden Herren in diesem Großbetrieb hier oder um was? Vier hungrige Mäuler, für die man stundenlang in der Küche steht.«

Nathalie redete sich in Rage, stand auf, ging erneut an die Bar und griff wahllos nach zwei bunten Flaschen. »Wäscheberge, Kisten schleppen, verpinkelte Klos …«

Sie goss mir ungefragt in mein Ramazzottiglas blauen Bols und Batida de Coco. Die toxische Variante von »Night in Blue«, der Ananassaft fehlte.

»Ich will auch mal einen, der mich nach Italien einlädt, ohne dass wir Silberhochzeit feiern.«

Was war denn das? Trübe Stimmung im Hechtteich?

Die Aussicht, dass ich mal Silberhochzeit feiern oder zumindest noch aktiv daran teilnehmen würde, ging gegen null. Und ein furzender Mann zu Hause würde wenigstens *ein* Geräusch in meiner leeren Wohnung verursachen.

»Aber Natze! Du hast einen Mann, der dich bedingungslos liebt, egal ob du Cellulite oder Krampfadern hast.«

»Wenn ich alles habe, aber keine Krampfadern und keine Cellju…, Cellui… Orangenhaut!« Sie schlürfte aus ihrem Glas, ohne es in die Hand zu nehmen.

»Und die Kinder! Schau dir doch deine blitzsauberen Kinder an!«

Beide drehten wir die Köpfe in Richtung Wohnzimmercouch.

Die Situation hatte sich verändert. Der Fernseher lief nicht mehr. Die drei saßen wie im Kino und beobachteten uns. Nathalie stand sofort auf, riss den Arm nach oben, verlor dabei das Gleichgewicht und plumpste auf die Bank zurück.

Der Kommandoton klappte noch: »Ab ins Bett, ihr drei!«

»Mama, es isch erscht sechse!«, protestierte Chris.

Alex legte ihm väterlich die Hand auf die Schulter. »Lass mal! Das rächt sich morgen.«

Nathalie beugte sich über den Tisch, kniff ihre Augen zusammen: »Weißt du, ich glaub, ich war früher mal 'n Hamster.«

»Ach was!«

»Noi, ernschthaft! Was ich auch mache, es wird wieder eingedreckt, aufgefressen oder vollgemüllt. Das hat kein anderer, nur 'ne Hausfrau! Vielleicht noch die im Forschungslabor.« Sie runzelte ihre Stirn. »Aber selbst dort kommt irgendwann der große Durchbruch und wenn nicht, dann wenigstens ein Ende. Du weißt, was ich meine? Ratte gesund oder tot!«

»Ah ja!«

»Du kannst dir gar nicht vorstellen, wie man sich fühlt, wenn am Abend nichts mehr ist, wie es am Morgen war.«

»Bei mir ist es meist andersrum, da geht's mir auch nicht gut.«

»Blöde Kuh, du weißt, was ich meine! Aber das ist auch so 'n Punkt. Ich kann mich nicht mehr erinnern, wie es ist, wenn sich jemand um einen bemüht.«

»Du meinst, wenn dich jemand anbaggert?«

»Mir würde das Wissen um einen Verehrer schon die Eierstöcke vibrieren lassen.«

»Aber du liebst Harry doch?!«

»Du doch auch jeden deiner Lover!«

»Nee, nicht wirklich, ist wohl mehr der Trieb.«

»Oder deine nicht verarbeitete Verlustpsychose Martin.«

»Ach, Martin!« Ein dumpfer Stich ging durch meine Brust. Schnell nahm ich noch ein Schlückchen.

»Ja, ja, ich weiß!«, stöhnte Nathalie. »Jetzt nicht wieder die Geschichte mit den Störungen in der Komplexität eurer Beziehung. Ich sag dir was: Ich hab immer noch nicht verstanden, warum du nicht mitgegangen bist. Aber jetzt nicht! Jetzt geht es um mich und die Suche nach neuen Ufern.«

»Oder die Suche nach ’nem Hafen. Stößchen!«

»Vielleicht wären ja Bruno und Jean Pascal für mich reizvolle Liegeplätze gewesen.« Bei dem Wort »mich« schlug sie sich mit der Faust auf ihre Brust.

»Bruno! Hör mir bloß mit dem auf, den hab ich ja total vergessen. Wenn ich dir das erzähle, bist du froh, dass du nie in Versuchung kamst, den Anker zu werfen.«

Den folgenden Rapport unterbrach sie mehrmals mit »Ich fass es nicht!« und »Unglaublich!«

Als ich mit dem am Sack zupfenden Rumpelstilzchen endete, meinte Natalie lachend: »Na Gott sei Dank hast du ihm nicht auch einen ›Bums‹ angeboten.«

Darauf fiel mir nur ein »Schtöschen« ein, und das war das Letzte, woran ich mich erinnerte.

Etwas trommelte auf meinem Kopf.

»Aufstehen, du Schnapsnase!«

Die Stimme klang vertraut. Wie kam Harry in mein Schlafzimmer? Ich schnellte nach oben. Mein Gehirn klatschte gegen den Schädel. Wo war ich? Die Couch kam mir bekannt vor. Harry stand vor mir und grinste dämlich.

Um meinen Filmriss zu überspielen, fragte ich ihn unschuldig: »Na, wie hast du geschlafen?«

»Wie man halt so schläft, wenn die ganze Nacht jemand neben einem schwer in den Eimer atmet.«

»Dann geht es ihr wohl nicht so gut?«

»Ging schon besser! Und jetzt?«

»Was: und jetzt?« Ich zog die Oberlippe rechts nach oben.

»Es ist jetzt neun, ihr wolltet um sieben starten. Das wird eng! Deine Freundin oben im Bett ist noch total blau, und wie ich dich gefunden habe, darüber reden wir erst gar nicht.«

»Danke!«, sagte ich betreten. »Ich geh mal hoch, nach ihr schauen.«

Sorgfältig die Decke um mich drapierend stieg ich die Treppe hoch. Nathalie saß mit angezogenen Knien im Bett. Vornübergebeugt steckte ihr Kopf beinahe gänzlich in einem Eimer.

»Einen wunderschönen guten Morgen, Frau Hecht, ist dir schlecht?«

»Nöö«, röhrte es.

Sie hob langsam den Kopf und ich sah auf ihrer Stirn den Abdruck des Eimerrandes, tief eingegraben.

»Es ist jetzt neun, wir sollten los.«

»Gib mir noch ’ne halbe Stunde.«

Um drei zockelten wir vom Hof.

Wir waren noch keine zwei Straßen weiter, da bat Nathalie mich, anzuhalten. Ich stoppte vor einem weißen Gartenzaun, hinter dem eine Frau in den Beeten wühlte. Nathalie setzte sich ihre Sonnenbrille auf und band sich sorgfältig ein Seidentuch um den Kopf. Sie öffnete die Autotür, beugte sich nach vorn und übergab sich, sozusagen inkognito, in den Rinnstein. Während sie sich ihren Mund fein säuberlich mit einem Taschentuch abwischte, fiel ihr Blick auf die Nachbarin, die die Szene konsterniert beobachtet hatte.

»Grüß Gott, Frau Weihers!«, nickte sie höflich in deren Richtung und verstaute das Taschentuch in einer kleinen Tüte, die sie immer in ihrer Handtasche mitführte, setzte sich wortlos und blass wieder auf den Beifahrersitz, den Blick starr geradeaus.

»Mooooment«, sagte ich bestimmt, »du kennst die Abmachung. Wer kotzen kann, der kann auch fahren.«

Wir waren beide der Ansicht, »wenn's raus is, isses gut«. Nach dreimaligem Fahrerwechsel und längeren Pausen standen wir um zehn nach acht Uhr vor dem Tunnel, der direkt nach Livigno führt. Es kam uns etwas merkwürdig vor, als nach zwanzig Minuten die Ampel immer noch nicht auf Grün gesprungen war und auch das Kassenhäuschen unbesetzt blieb.

»Wir müssen umdrehen, glaub ich.«

»Warum? Wie meinst du?«

»Der Tunnel macht erst morgen früh wieder auf, wir übernachten in Zernez.«

»Meinst du rückwärts? Unser Hotelzimmer ist doch bezahlt.«

»Alternativ bleibt uns nur der Weg über Bormio, drei Stunden Serpentinen.«

»Ach nö, dann Rückzug. Bitte wenden.«

»Wenn möglich, bitte wenden! Wenn möglich, bitte wenden!«, äffte ich die Dame aus dem Navi nach.

Wir drehten um und fanden ein kleines Hotel.

Beim Einchecken beruhigte ich Nathalie. »Den Stopover übernimmt Jean Pascal selbstverständlich.«

Um neun kamen wir am nächsten Morgen ausgeruht in Livigno an. Nathalie jammerte mir die ganze Zeit die Ohren voll, dass wir eine Nacht in dem schönen Hotel verloren hatten.

»Nach dem zweiten Frühstück gehen wir aber gleich zur Massage, gell?«

»Ja, aber dann ein Schläfchen vor dem Shoppen?«

»Okay, wenn wir danach in die Badelandschaft gehen und saunieren und …«

»Ganz ruhig bleiben, Natze, reinholen kannst du die verlorene Zeit eh nicht mehr.«

Nachdem wir im Hotel eingecheckt hatten, arbeiteten wir Nathalies Pläne ab, hielten vollgefressen und frisch massiert unser Nickerchen unter seidenen Bettdecken und saßen am Nachmittag mit vollen Einkaufstüten bei einem Gläschen Prosecco im Café.

»Schmeckt schon wieder, hm?«, grinste Nathalie, streckte ihre Beine aus und das Gesicht der Sonne entgegen.

Wir genossen es einfach dazusitzen und zu lästern.

Nach einem weiteren Prosecco bestellten wir uns noch einen Cappuccino und versicherten uns gegenseitig, wie gut es uns doch ging.

»Ach, Sina«, sagte Nathalie und wandte sich mir zu. »Es ist so schön …!«

Ich nickte zustimmend.

»Ups, dein Gesicht!«, rief sie.

Ich wusste zwar, dass im Zustand der Entspannung mein Gesicht etwas an Festigkeit verlor, aber ihre Reaktion empfand ich doch etwas übertrieben.

»Entschuldige mal, Nathalie, aber …«

Sie winkte lachend ab. »Du musst dich nicht entschuldigen, schau einfach in den Spiegel.« Dabei legte sie ihre Hand an den Mund: »Ja du liebe Zeit, das gibt's doch gar nicht.«

Jetzt wurde mir etwas mulmig. Während ich in Richtung Toilette ging, erkundete ich mit allen zehn Fingerkuppen mein Gesicht. Auf jeden Fall nichts, was ich ertasten konnte.

»Neiiiiin!«

Vor dem Spiegel zeigte sich das Desaster. Die Seite meines Gesichtes, die im Café der Sonne zugewandt gewesen war, zeigte ein intensives Rot und teilte mein Gesicht in zwei farblich stark voneinander abweichende Hälften. Ungläubig drehte ich immer wieder meinen Kopf hin und her. »Normal … verbrannt … normal«, faselte ich vor mich hin.

Was würde Nathalie in so einem Moment sagen? »Erschrecken – erkennen – reagieren.«

Als ich an unseren Tisch zurückkam, hatte Nathalie bezahlt und ich eine Idee.

»Ich nehme an, du willst sofort aufs Zimmer, und Baden und Sauna hat sich wohl auch erledigt«, bemerkte Nathalie verständnisvoll.

»Genauso ist es, aber vorher muss ich aus meinem Auto noch den Verbandskasten holen.«

»Brandsalbe?«, fragte sie jetzt mitfühlend.

Ich ließ nur meine linke Augenbraue kurz zucken.

In unserer Suite »Nido di Rondine«, auf gut Deutsch »Schwalbennest«, angekommen, bestellte ich beim Service eine Höhensonne, die auch umgehend gebracht wurde.

»So, Natze, jetzt bist du dran.«

»Soll ich mir auch so eine Unwucht ins Gesicht brennen?«

»Quatsch, du musst Präzisionsarbeit leisten.«

Ich reichte ihr eine Rolle Hansaplast und eine Schere. Nathalie schaute verdutzt.

»Keine Angst«, beruhigte ich sie, »du musst keine Hauttransplantation vornehmen, kleb die schlimme Seite einfach vorsichtig ab, mit der anderen setz ich mich vor den Gesichtsbräuner. So lange gehst du in die Badelandschaft und in die Sauna.«

»Darf ich auch dableiben? Ich wär gern dabei, wenn's schiefgeht.«

Nach der Aktion und zwei weiteren Gläsern Prosecco für jeden saßen wir pünktlich beim Abendessen im Hotelrestaurant. Was die Höhensonne nicht geschafft hatte, erledigte Helena Rubinstein.

Ich drückte mir mit letzter Anstrengung eine Crème brûlée rein und spülte sie mit einem Schlückchen Rotwein runter.

Na, der Alkohol war kein Problem mehr.

»Warm und satt, wie schön is datt!«

»Aber müde macht's, oder?«, warf Nathalie vorsichtig ein.

Aha!

»Da hilft nur eins«, kleines Schlückchen aus meinem Glas, »dance, baby, dance! Denen zeigen wir, wo der Frosch die Locken hat!«

Unsicher fragte sie: »Hast du keine Angst, wenn wir in unserem Alter in die Disco gehen?«

»Nö, hier merkt keiner, dass wir in unserem Alter sind.«

»Auch nicht, wenn wir aussehen wie das Phantom der Oper?«

»Du siehst nicht so aus, und ich kann's ertragen.«

Die Disco war übervoll und laut. Trotzdem erspähte ich einen Platz an der Bar und zog Nathalie hinter mir her. Lässig lehnten wir uns an den Tresen. Nur keine Unsicherheit zeigen. Wir hatten ja unsere neuen Dessous an! Die Korsagen stabilisierten nicht nur unsere Brüste, sondern offensichtlich auch Nathalies Selbstbewusstsein. Bevor ich mich versah, hatte sie schon zwei Caipirinha bestellt.

»*Due speciale per le Signore.*« Der Barkeeper schob feixend zwei *molto potente* Caipis über die Theke. »Es isse Happy Hour.«

Nathalie schnappte sich sofort eines der riesigen Gläser. »So schön italienisch!«, schrie sie in meine Richtung und zog dann kräftig am Strohhalm.

Eine normale Unterhaltung war wegen der erhöhten Dezibelzahl nicht möglich, ich nickte nur.

»Von mir aus können wir die Kuh jetzt fliegen lassen. Ich mit meiner …«

Den Rest des Satzes konnte ich nicht mehr verstehen. Ihr vielsagender Blick auf ihre Oberweite erklärte aber das fehlende Satzstück. Der neue BH stand ihr ausgezeichnet und formte ihren Busen zu festen Äpfelchen, welche sich in ihrer Bluse zu drängeln schienen.

Das fiel offensichtlich nicht nur mir auf, denn auch der Barkeeper beugte sich auffällig weit über den Tresen, als er uns zwinkernd mit einem »Auf die Haus« eine Schale Erdnüsse reichte. Ich zwinkerte zurück, aber sein Blick war schon wieder in Natzes Bluse geglitten.

Okay, du Sack!

Ich drehte mich zur Tanzfläche, um die Lage zu peilen.

»Nett, gell?« Nathalie stieß mir in die Rippen und deutete in Richtung eines blonden Riesen, der uns aufmerksam beobachtete. »Wenn der dir was zu trinken kauft, denk dran, wir sind zu zweit!« Dabei zwinkerte sie verschwörerisch und saugte gierig an ihrem Strohhalm.

Im selben Moment kam der Riese schon auf uns zu.

Er beugte sich zu Nathalie: »Would you considerrr to dance with me?«

Sein Akzent klang irgendwie arabisch oder russisch. Weiße Hautfarbe und scharf gescheiteltes Haar sprachen für Letzteres.

»Ich?« Erschrocken schlug sie sich mit der Hand auf die Brust. Ängstlicher Blick zum Russen. »Ich?«

»Du nicht Angst haben vorrr mirr, nurr tanzen, nicht redden«, schnurrte der Riese und streckte ihr seine Pranke hin.

Ängstlicher Blick zu mir: »Kommst du?«

Ich schüttelte schmunzelnd den Kopf und schob sie sanft in seine Richtung. »Nee, ich pass auf deinen Caipi auf!«

Sie nahm seine Hand und er zog sie in Richtung Tanzfläche. Schon auf dem Weg schaukelte er wild mit den Hüften. Nathalie drehte sich mit aufgerissenen Augen nach mir um. Ich winkte. Vorsichtig fing sie an zu tanzen, ohne die Füße vom Boden zu heben. Ihr Oberkörper schaukelte unrhythmisch, ihre angewinkelten Arme versuchten im Takt zu wippen.

Der weiße Riese allerdings drehte und wand sich wie Travolta persönlich. Seine Hüften kreisten immer in die gleiche Richtung.

Ein linksdrehender, probiotischer Casanova.

Hinter mir hörte ich den Barkeeper gackern und drehte mich um. Auch er beobachtete die Szene amüsiert.

»Brauchst gar nicht dämlich lachen«, fauchte ich ihn an. »Sie ist eben ein bisschen schüchtern.«

»Aber ganze niedelich«, schwärmte er und schaute wieder zu den beiden.

Obwohl ich »niedelich« vielleicht nicht ganz treffend fand, musste ich zugeben, dass Nathalie irgendwie anders aussah als sonst. Ich hätte es eher mit »aufregend« beschrieben.

Bei Harry wäre jetzt pronto Hotelbett angesagt!

»Du wohnst in Italia?«, kauderwelschte mich etwas Angetrunkenes von der Seite an.

»Nö, wir sind nur heute hier«, entgegnete ich höflicherweise und drehte mich demonstrativ zur anderen Seite.

Die nächste Frage überhörte ich geflissentlich.

Kann ja jeder kommen!

Und er kam!

Mit einem holländischen Akzent, ohne auch nur andeutungsweise zu lallen.

»Entschuldige Sie meine Freund, er hat ein büschen getrunken, weil er gestern mit dem Fahrrad Rennen gewonnen hat.«

Ich schaute in zwei blaue Augen. »Das ist ja ganz toll! Sie sind noch nüchtern. Kann ich daraus schließen, dass Sie einen der weniger attraktiven Plätze belegt haben?«

Bevor er mir antworten konnte, kam Nathalie von der Tanzfläche zurück.

»Sina, darf ich vorstellen, Alexej aus Russland, die Masseuse des holländischen Radrennstalls.«

»Diese Moment hat sie dich auf dem Tanzboden zu ein Frau gemacht!«, scherzte der blauäugige Holländer und haute Alexej auf die Schulter.

Alle lachten, am lautesten der besoffene Käskopf.

»Wie heißt denn der?« Nathalie ließ indiskret den Zeigefinger vor dem Gesicht meines Gesprächspartners kreisen.

»Ruud van der Koppje, Aufpasser vom Dienst«, sagte er und reichte ihr die Hand.

»Toller Name, bisschen lang vielleicht«, antwortete sie und fiel ihm, die Hand ignorierend, um den Hals. »Wir sind Sina und Nathalie aus Deutschland.«

Ruud schob sie sanft von sich: »Aufpassen muss ich heute wohl nicht nur auf die Mannschaften, aber auch auf deren Begleiterinnen.«

»Ach daher kennt ihr euch! Vom Fahrradrennen«, warf ich ein.

»Genau, fast all hier hören bei das Radzirkus dabei«, erklärte Ruud mir mit einer weiten Handbewegung.

Ich sah, dass wir mittlerweile von einer Horde Männer umkreist waren.

»Das ist Juan aus Valencia, Pierre aus Montpellier und Urs aus Zernez.«

»Da hab ich schon geschlafen!«, tönte Nathalie laut und saugte dann den Rest aus ihrem Glas.

»Bei Urs?«, fragte der besoffene Holländer ungläubig.

»Schön wär's gsi!«, konterte der uns vorgestellte Urs mit einem breiten Grinsen und starrte wie gebannt auf Nathalies Äpfelchen.

»Musst du mal dein Näschen pudern?«, fragte ich Nathalie.

»Häh?«

»Hände waschen?«

»Nö!«

Ich stand auf und zerrte sie mit den Worten »Falsche Antwort!« in Richtung Damentoilette. Dort erinnerte ich sie an ihre glückliche Ehe und an ihren Brummschädel von gestern. Dann hielt ich ihr einen fünfminütigen Vortrag über den Zusammenhang zwischen Alkohol und Vernunft.

Sie schaute mich feierlich an und nickte die ganze Zeit verständnisvoll.

»Du verstehst, was ich meine? Die Tugend ist des Mädchens Zier, drum bewahr sie dir!«

Nathalie tätschelte meinen Arm. »Klaro! Sei brav wie ein Kaninchen, fleißig wie ein Bienchen, sauber wie ein Kätzchen, dann bekommst du auch ein Schätzchen. Jetzt lassen wir den Frosch fliegen und die Kuh die Locken kriegen!« Sie riss die Tür auf und stürmte davon.

Oh Gott!

Als ich zur Bar kam, hatten Nathalie und Alexej zum Brüderschaftstrinken ihre Arme gekreuzt.

»Du nicht Angst haben vorrr mirr, nurr küssen, nicht redden«, imitierte Nathalie den Genossen.

Ich glaub, mich tritt ein Gaul!

»Nathalie, du weißt, das ist mit Zunge«, wandte ich ein.

Mit bescheidener Wirkung. Sie zuckte kurz mit den Schultern und spitzte die Schnute.

»Komm, wir auch!«, schlug der besoffene Holländer vor und streckte mir das Glas mit den Erdnüssen entgegen.

»Willst du tanzen?«, warf sich Ruud rettend dazwischen und zog mich sanft vom Barhocker.

Mit »Was bedeutet denn nun Aufpasser vom Dienst?« versuchte ich ein Gespräch anzufangen, welches aber im Lärm der Rhythmen unterging.

Ruud zuckte nur verständnislos mit den Schultern und beugte sich mir fragend entgegen. Ich wiederholte meinen Satz, und durch die Bewegung beim Tanzen berührte mein Mund unbeabsichtigt sein Ohr.

Er drehte sich sofort zu mir um und zwinkerte mir lachend zu. »Wie schön, dass es hier so laut ist.«

Er versuchte mir seine Begeisterung für den Radsport und seine Verantwortung im wahrsten Sinne des Wortes nahezubringen.

»Ich kannte auch mal einen Rennradfahrer, der glücklicherweise den Weg zu mir nach Hause nicht mehr fand«, erzählte ich ihm, worauf er spontan antwortete: »Das wär mir mit dir nie passiert!«

Au ja, sülz mich voll!

Lauter Wortwechsel an der Bar.

Entsetzt stellte ich fest, dass der Riese sich an Nathalies Rücken zu schaffen machte. Urs redete wild gestikulierend auf ihn ein.

Ruud und ich wechselten einen Blick und verließen die Tanzfläche.

»Was ist hier los?«, wollte er wissen und zog Urs zur Seite.

»Er fummelt ständig an ihr rum!«, maulte Urs.

Nathalie verteidigte den Russen: »Briederchen mit zarrrte Händchen massierrt nur meinen Riecken!«

»Ich glaube, wir müssen uns jetzt verabschieden!«, sagte ich an Ruud gerichtet, und zu Nathalie: »Da du gerade so schön entspannt bist, können wir doch schlafen gehen.«

»Was, jetzt? Ich habe mit Pierre und Ruud noch gar nicht die Telefonnummern ausgetauscht!«

»Mit den anderen schon?«, fragte ich entsetzt.

»Sicher! Nach Ländern alphabetisch geordnet«, sagte sie stolz und wedelte mit ihrem kleinen Telefonbüchlein. »Ruud kann sich bei N oder H eintragen, den find ich trotzdem.«

Ruud griff danach. Beim Eintragen seiner Nummer schaute er mich vielsagend an.

Anschließend schrieb Nathalie ihre komplette Adresse auf eine Seite, riss sie aus dem bereits bedenklich ausgedünnten Büchlein und reichte das Blatt großzügig an Ruud weiter.

»Wenn ich dir das morgen erzähle, willst du sterben!«, prophezeite ich ihr und nahm das Buch an mich.

Beim Frühstück am nächsten Morgen war Nathalie erstaunlich fit. Gesteigerte Aufmerksamkeit mir gegenüber ließ allerdings auf ein schlechtes Gewissen schließen.

»Sinale, magst vielleicht einen O-Saft, frisch gepresst, ich geh und hol dir einen.« Schon sprang sie davon. »Mein Ei kannst du haben, wenn du möchtest.« Das Ei wurde langsam über den Tisch geschoben. »Schmeckt's dir hier nicht? Wir können auch irgendwo im Dorf frühstücken, ich lad dich ein«, flüsterte sie.

»Wir können uns doch nirgendwo mehr blicken lassen«, knurrte ich in ihre Richtung. »Wahrscheinlich hängen schon überall Plakate mit deinem Bild und dem Text: ›Lässt dich deine Frau nicht ran, dann ruf schnell bei Natze an!‹«

Sie starrte das Ei an.

»Was sollen wir denn Harry sagen, wenn bei euch das Telefon nicht mehr stillsteht? Wie war das mit dem Bienchen und dem Kaninchen?«

Nathalie starrte immer noch auf das Ei.

Plötzlich hellte sich ihr Gesicht auf. »Ist alles halb so schlimm«, sagte sie, »da kann niemand anrufen.«

Verständnislos musterte ich sie.

»Meinen Namen. Den hab ich nämlich nicht dazugeschrieben!«, triumphierte Nathalie.

»So 'ne Telefonnummer funktioniert natürlich nicht, so ohne Namen.«

Ich rollte mit den Augen und Nathalie fiel in sich zusammen. Jetzt tat sie mir doch leid.

»Na, wird schon nicht so schlimm werden. Vielleicht rettet dich das und der Alkoholkonsum der Radlermannschaft wirklich.«

Hoffnungsvoll schaute sie zu mir auf.

»Wahrscheinlich werden sie froh sein, wenn du sie nicht belästigst«, fuhr ich fort.

Ihre Schultern strafften sich. »Denkst du?«

»Ich bin mir sicher!« Mütterlich tätschelte ich ihre Hand. »Na ja, wenigstens scheint dich kein Kater zu plagen.«

»Ich glaub, ich hab mich an den Suff gewöhnt, keine Kopfschmerzen, keine Übelkeit. Was Training so alles ausmacht!«, sprudelte sie los.

»Von wegen Training! Bei deinem Vollsuff gestern Nacht hat dich nur der Aspirin-Absacker von Ruud vor einem Kater bewahrt.«

»Ach du Schreck, war der noch mit im Hotelzimmer?«

»Nee, die Gelegenheit hast du mir ja vermasselt!«

»Echt? Wär der was gewesen?« Sie schaute mich wieder zerknirscht an.

»Na ja, eigentlich ... ach, Ruud, das hätte sich eh nicht gut gehaucht«, beruhigte ich sie.

»Auf Zimmer ›Schwalbennest‹ ist noch ein bisschen was offen«, sagte Nathalie beim Checkout und hielt dem Empfangschef großzügig einen Zehn-Euro-Schein entgegen.

»Sina, du hattest nur die Nüsschen, oder? Und ich ein Wasser aus der Minibar.«

»Ich hatte auch noch ein Wasser.«

»Oh, dann wird das nicht ganz reichen«, meinte Nathalie und legte noch einen Zehner drauf.

»Das glaube ich auch«, stimmte der Empfangschef zu.

»648 Euro.« Mit einem süffisanten Lächeln schob er uns die Rechnung hin.

Verschämt zog Nathalie ihre beiden Geldscheine zurück.

»Nein, es handelt sich offensichtlich um einen Irrtum«, meinte ich großspurig.

»Offensichtlich nicht«, entgegnete er selbstgefällig.

»Das Zimmer wurde von Herrn Häberle gebucht und bezahlt«, beharrte ich.

»Von wem?«, fragte mich Nathalie verwirrt.

»Jean Pascal Häberle«, vervollständigte ich.

»Herr Häberle hat gebucht, aber nicht bezahlt«, korrigierte der Empfangschef mich steif und herablassend. »Die Minibar ist in unserem Hause inklusive.«

»Ich glaub, mir wird doch übel«, stammelte Nathalie.

»Moment, das haben wir gleich!« Ich drehte mich um und griff nach meinem Handy.

Mailbox!

Ohne Worte legte ich meine Platin-Kreditkarte auf den Tresen.

Der Empfangschef nahm sie, las sie ein und gab sie mir ebenso wortlos zurück.

Blasierter Affe!

Ich griff nach Nathalies Geldscheinen und ließ sie übertrieben lässig vor ihn hinflattern. »Fürs Personal!«

Kapitel 6 | *Nathalie*

Sina und ich waren seit drei Tagen wieder zurück von unserem Kurztrip nach Livigno. Ich fühlte mich richtig gut, ich hatte internationale Verehrer und dank meines disziplinierten Rückwärtsessens zwei Kilogramm abgenommen. Es war der richtige Zeitpunkt, einen Badeanzug zu kaufen.

Ich hatte gefrühstückt und die Zeitung von hinten bis vorn gelesen. Wie immer die Todesanzeigen zuerst. Hoffentlich niemand aus dem Bekanntenkreis. Aber bei den Angehörigen ... vielleicht ... zumindest den Namen. Hm ... niemand.

Harry streckte nochmal kurz den Kopf zur Tür herein, verabschiedet hatte er sich bereits.

»Gerade eben hat wieder jemand angerufen und dann einfach aufgelegt. Hattest du das in letzter Zeit auch?«

»Nö, vielleicht war es so ein stöhnender Spinner, der auf eine Frauenstimme hoffte«, spekulierte ich.

»Da hat nichts gestöhnt, nicht mal was geschnauft, sonst hätte ich dich schon ans Telefon geholt«, lachte er. »Jetzt muss ich aber los, tschüss noch mal.«

Mich beschlich ein ungutes Gefühl, ich ging zum Telefon und rief die letzten eingegangenen Anrufe ab. Null-Null-Drei-Eins, Null-Null-Vier-Eins, weitere zwei Anrufe mit den Ziffern Null-Null am Anfang. Ich stutzte. Das wählte man doch vor, wenn man aus dem Ausland anrief. Wer rief uns denn aus dem Ausland an? Italien, natürlich, Italien konnte es sein, oder die Schweiz. Hatte ich etwas in den Hotels vergessen? Nein, die würden doch nicht wieder auflegen und außerdem hatten die meine Nummer nicht.

Mir schwante etwas – die Disco, oh nein! Nur wenigen dort hatte ich meine Nummer *nicht* gegeben!

Als ich anschließend im Badezimmer in den Spiegel sah, erschrak ich über meine prämenstruelle Frisur – ausgehend vom Karrieremenschen –, denn jedes Haar strebte nach oben. Während ich einmal im Monat noch unzufriedener mit meinem Äußeren war als sonst, litt meine Familie in dieser Zeit unter meiner psychischen Instabilität. Deshalb führte jeder meiner Männer einen Regelkalender mit meinen »Tagen«. Sie wollten mich in dieser Zeit nicht mit Problemen konfrontieren. Aus reinem Selbstschutz, wie sie sagten.

Ich konnte mein Gedankenkarussell nicht anhalten, es drehte sich von der Schweiz nach Italien, von Holland nach Russland und wieder zurück. Entspannt fühlte sich anders an. Ich musste mich ablenken, ich musste shoppen gehen, jetzt erst recht und jetzt sofort.

Es war sonnig und das Wetter heute Morgen erschien mir beständig genug, um mit dem Fahrrad zu fahren. Die Blau entlangzuradeln beruhigte mich etwas und in der Innenstadt war der Gedanke an die rätselhaften Ferngespräche im Gewühl der Fußgängerzone zerfallen.

Ich steuerte ein kleines, alteingesessenes Fachgeschäft für Wäsche und Miederwaren an. Die Geschäftsinhaberin war verkaufspsychologisch ein Genie, denn bei Größe 48 und aufwärts sprach sie noch von Hemdchen und Höschen und bei der größten Wampe von einem Bäuchlein, das war wohl das Geheimnis ihres Erfolges.

Zur Bademode führte eine alte Treppe ins Untergeschoss. Die Dekoration war bemüht, eine mediterrane Atmosphäre zu erzeugen. Auf einem Wandregal standen zwei verstaubte Kunststoffmöwen, in ein Fischernetz an der Decke hatte man ein paar Seesterne und Muscheln geworfen und ein Schild in Form eines Pfeiles mit der Aufschrift »To the beach« zeigte geradewegs auf die Tür zum Klo. Einzig die chromglänzenden Stangen mit einer immensen Anzahl von Bikinis und Badeanzügen, auf die ich nun zusteuerte, wirkten nicht nostalgisch.

Ich begann bei der Suche mit meiner Traumkonfektionsgröße, arbeitete mich über die »Könnte-man-erreichen-Marke« und landete in der Realität. Prüfend ging ich Modell für Modell durch und stieß dabei auf ein paar ganz verwegene Kreationen. Die Stückchen waren aus schwarz- bzw. rotglänzendem Material, teilweise nietenbesetzt, mit Kettchen oder Netzen versehen. Selbst bei genauerem Betrachten konnte ich keinen Schnitt ausmachen, es waren nur einzelne Streifen. Jedenfalls nicht zum Schwimmen bestimmt.

»Naaa, was Nettes gefunden?«, säuselte mich eine Mitarbeiterin an, dabei musterte mich dieser Pfahl süffisant von oben bis unten.

Ich hatte den roten Fummel noch in der Hand und bohrte gedankenverloren mit meinem Zeigefinger in einer Niete.

»Wohl versehentlich die Lieferung für Beate Uhse eingeräumt?«

Ich drehte und wendete das Stöffchen. Mein Scherz kam nicht an, die Dame machte kehrt und schlenderte in Richtung Bikinis. Ich stöberte weiter und wurde immer frustrierter. Bis auf einen Dunkelblauen war keiner eine Anprobe wert.

»Kann ich Ihnen helfen?« Die Humorlose hatte ihre Kollegin geschickt.

»Nein, danke, ich schlüpf kurz in diesen Badeanzug. Wenn ich Hilfe brauche, ruf ich Sie.«

Und wag es ja nicht, ungefragt den Vorhang aufzureißen und dämlich »Na, wie isses?« reinzurufen!

Kritisch betrachtete ich mich im Spiegel, das erbarmungslos helle Licht zeigte jeden körperlichen Makel.

Selbst schuld, liebe Verkäufer, Lux rauf, Umsatz runter.

Mein Zechgelage und der folgliche Essensverzicht hatten jedenfalls nicht ausgereicht, um ein zufriedenstellendes Bild abzugeben. Als ich wieder angezogen und ernüchtert aus der Umkleide heraustrat, fiel mein Blick auf eine Frau, etwa in meinem Alter. Sie trug einen roten Bikini, drehte sich vor dem Spiegel und betrachtete sich wohlwollend von allen Seiten. Ihre Figur war tadellos und ihr langes blondes Haar einfach traumhaft. Vom Scheitel bis zur Sohle eine Schönheit.Es war ihr Mund, um genau zu sein ihre Lippen – schmal wie ein Strich. »Wie mit dem Tapetenmesser geschlitzt«, würde Harry sagen. Niemals hätte ich mit dieser Frau mein Äußeres getauscht. Aus mir war noch was rauszuholen. Ich könnte mir Fett absaugen lassen, mit »Sauf-dich-mager-Produkten« und einem Bodymassager meine Figur formen, ein glättendes Fruchtsäurepeeling anwenden, künstliche Fingernägel aufkleben, Bräune aus dem Sonnenstudio holen und Extensions vom Friseur anschweißen lassen. Selbst seine Beine konnte man heutzutage verlängern lassen, wenn man sich nicht scheute, vorab eine Fraktur einzuplanen.

Was aber sollte dieses armselige Wesen mit ihrem streichholzschmalen Lippenpaar machen? Aufspritzen? Mit Botox? Ich würde meinem Körper niemals leichtfertig Nervengift zuführen.

Nachdem ich all meine Problemzonen schöngeredet hatte, wusste ich, welchen Weg ich einschlagen musste – den in Richtung Ausgang.

»Naa, keiner gepasst?«, bemerkte Beraterin Nr. 1, die Humorlose, abfällig, als ich bereits an der Treppe war.

»Doch, natürlich, sogar perfekt, ich kann mich nur nicht entscheiden«, antwortete ich und formte stolz meine Lippen wie Dolly Busters Zwillingsschwester.

Ich verließ das Wäschehaus und ging die Fußgängerzone entlang, sah mir die Auslagen an und wusste: Das war's für heute. Andere Frauen hatten in solch einem Fall ein Ass im Ärmel – Schuhe. Das Einzige meiner Garderobe, worin ich seit bald dreißig Jahren dieselbe Größe trug. Doch selbst Schuhe kaufen machte schon mal mehr Spaß. Anatomie kämpft gegen Optik.

Auf dem Heimweg gönnte ich mir eine Kugel Amarena am Fensterverkauf des *gelato divino.* Als ich mich bückte, um meinen Einkaufskorb hochzunehmen, blickte ich in ein kugelrundes, dunkelbraunes Augenpaar. Es war Comtesse PC. Ich weiß nicht, ob sie sich freute, nicht ganz so graziöse Hunde wedeln dabei heftig mit dem Schwanz, aber ich meinte ein flüchtiges Wackeln erkannt zu haben.

»Ja, Madame, was machen Sie denn hier? Komm, schaun wir mal, wo Herrchen ist«, sagte ich zum Afghanen, der hinter mir hertrottete. Das *gelato divino* bot nicht nur Eis im Straßenverkauf, sondern auch romantische Sitzplätze unter einer efeubewachsenen Pergola.

Ich sah Jean Pascal an einem der Tische, ganz hinten im Eck. Perfekt gekleidet. Leichter Sommeranzug, Schuhe und Haar glänzten um die Wette. Er saß lässig in einem Korbstuhl und hatte einen Cognac vor sich stehen.

»Hey, Häberle, kannste mir mal 324 Euro leihen«, hätte ich ihm gerne unter die Nase gerieben, da sah ich sein Gegenüber.

Wäre es nicht Eis gewesen, mir wäre der Bissen im Hals stecken geblieben. Ich blieb stehen und war froh, dass er mich nicht gesehen hatte. An seinem Tisch saß ein wirklich »rattenscharfes Teil«, wie meine Söhne sich ausgedrückt hätten. Sie hatte rotes, lockiges Haar und löffelte eine Kirsche aus ihrem Eisbecher. Sie ließ diese Kirsche in ihren Mund gleiten und schloss ihn ganz langsam, dabei schaute sie Jean Pascal aus schläfrigen Augen an. Ich empfand diese Anmache ekelhaft, primitiv, widerlich.

Nutte!

Jean Pascal schien nicht so pingelig zu sein, seine Mimik und Gestik verrieten, dass er es genoss, so angehimmelt zu werden, und immer wieder richtete er seinen Oberkörper auf und positionierte sich neu. Dass sich Jean Pascal so überreizt verhielt, war kein Wunder bei *dem* Gegenüber.

Wer konnte es sein? Familie, auch im weitesten Sinne, schloss ich aus, solch hingebungsvolle Blicke werfen sich Versippte nicht zu.

Eine Kollegin vielleicht? Arbeitete Jean Pascal überhaupt etwas oder überließ er das komplett seinem Geld? Hauspersonal? Vielleicht.

Dieses rothaarige Luder würde nicht den Tisch bekleckern, sollte ein Häppchen aus ihrem grell geschminkten Mund fallen. Spätestens in Höhe des ersten Knopfes ihres roten Kleides würde der Aufprall stattfinden.

»Geh, du Töle!«, zischte ich PC zu, worauf die Hündin sich neben mich setzte.

Ich hatte Zeit.

Während die Rothaarige immer weiter Kirschen zwischen ihre grellen Lippen schaufelte, beugte sich Jean Pascal über den Tisch und küsste sie. Als sie sich wieder voneinander lösten, lehnte sich Jean Pascal – jetzt er genüsslich kauend – zurück.

»Das war's!«, sagte ich leise vor mich hin und nickte PC zu.

Daraufhin trollte sie sich, zwängte sich unter den Tisch ihres Herrchens und kaute an einem Schuh.

Einem roten hochhackigen.

Das dazugehörige Bein fummelte an Jean Pascals Schritt.

Grübelnd schob ich mein Fahrrad über den Marktplatz. »Fieser Kerl, alte Schlampe«, brummte ich vor mich hin und schob dabei mein Vorderrad ungebremst einem älteren, grauhaarigen Herrn in die Kniekehle, der neben seiner Begleiterin zum Betrachten des Rathauses stehen geblieben war. Es hob ihn gewaltig aus den Schuhen, glücklicherweise ohne dass er zu Fall kam.

Nach einem »Jessasna!« drehte er sich zu mir um. Er bemerkte meine Betroffenheit. »Kann ja jedem mal passieren«, meinte er dann.

»Oh, entschuldigen Sie, es tut mir sehr leid, haben Sie sich verletzt?«

»Nein, nein, alles in Ordnung«, antwortete er, zog sein Sakko nach unten, das ihm bei seinem Ausfallschritt bis zur

Taille gerutscht war, wackelte mit den Beinen, damit der Saum seiner Hose wieder über die Schuhe fiel, und strich mit der Hand die Oberschenkel glatt.

»Ihre Bügelfalte sitzt noch stramm, obwohl Sie heftig vor mir in die Knie gegangen sind.«

Ich hätte mich für meinen Sarkasmus ohrfeigen können.

»Da zeigt sich wieder, was Qualität von Brioni ist«, sagte jetzt seine Begleiterin.

»Kaiser, wie der Herr im Fernsehen«, sagte der grauhaarige Mann, streckte mir zu meiner Verblüffung seine Hand entgegen, »und das ist meine Frau, die Kaiserin.« Er schmunzelte.

Na, wie sind die denn drauf, kennen die etwa auch die Zigaretten mit Bums?

Etwas zögerlich reichte ich ihm meine Hand. Wie konnte man nur so großmütig sein? Mir kam der Gedanke, dass der kleine Herr Kaiser mir nur die Hand reichen wollte, um sie mir auf den Rücken zu drehen. Dann würde er, mit Hilfe seiner ebenso kleinen Frau, nun mir einen Stoß in die Kniekehlen versetzen.

Meine Sorge war unbegründet, er schüttelte meine Hand kräftig und lange, das war's.

»Hecht, wie der Fisch im Wasser«, sagte ich und schüttelte mit.

Frau Kaiser stand ihrem Gatten in punkto Freundlichkeit in nichts nach und ich empfand plötzlich eine große Wärme und Sympathie für diese beiden fremden Menschen.

»Was kann ich als Wiedergutmachung für Sie tun?«

Der Kaiser winkte ab. »Nicht doch, es war mir ein Vergnügen. Wer kann denn von sich behaupten, im hohen Alter solch eine heftige Begegnung mit einer jungen, hübschen Frau zu haben?«, sagte er, und zu seiner Frau schielend fügte er hinzu: »Nicht wahr, Maria?«

»Hoffentlich wird Ihre Frau nicht böse, wenn Sie mit mir flirten!«

»Eifersucht verwächst sich im Alter, nicht wahr, Ludwig?«, lächelte Frau Kaiser.

»Darf ich Sie heute Nachmittag in ein Café einladen?«, fragte ich beharrlich nach und freute mich schon auf ein leckeres Stück Kuchen.

»Vielen Dank, Frau Hecht, mir fällt tatsächlich etwas ein, womit Sie uns eine Freude machen könnten – eine kleine Führung, wenn es nicht unverschämt ist«, entgegnete Herr Kaiser zögerlich. »Im Münster waren wir schon, aber Sie könnten uns noch ein bisschen was von Ihrer schönen Stadt zeigen. Es müsste allerdings heute Nachmittag sein, da wir morgen früh abreisen.«

»Sehr gerne, so komm ich an die frische Luft und hab etwas Bewegung.«

»Ich bin heute Nachmittag unterwegs«, sagte ich beim Mittagessen zu meinen drei Söhnen und schob mir ein Stück Zucchini in den Mund.

Es bestand kein Interesse an meiner Aussage, niemand fragte mich, wohin ich gehen wollte.

»Ich mache eine Stadtführung« wurde genauso desinteressiert aufgenommen.

»Und danach gibt's Kaffee und Kuchen.«

Benni wurde hellhörig. »Mit wem und wo?«, fragte er und jonglierte seinen Bissen im Mund hin und her.

»Mit einem sehr netten Ehepaar«, sagte ich und schilderte die Kollision vom Vormittag. »Willst du mitkommen?«

»Au ja, dafür hilfst du mir am Abend bei meinem Referat. Toller Deal, gell?«

Die Uhr am Rathaus zeigte noch zehn Minuten bis zum vereinbarten Zeitpunkt. Das Ehepaar Kaiser stand bereits händchenhaltend und im identischen Freizeitlook am Fischkasten, wie der Marktbrunnen früher wegen seiner Nutzung auch genannt wurde.

»Drolliges Team«, grinste Benni.

»Hallo, ich hoffe, es macht Ihnen nichts aus, dass ich meinen Sohn Benni mitgebracht habe?«, fragte ich die beiden bei der Begrüßung.

»Nein, nein, im Gegenteil, wir freuen uns, dass sich junge Leute noch für etwas anderes interessieren als für Discos«, sagte Herr Kaiser und wandte sich an Benni. »Wie alt bist du denn?«, wollte er wissen. Hast du denn schon eine Versicherung?

Benni antwortete artig wie ein kleiner Junge: »Ich werde siebzehn.«

»Gehst du noch zur Schule?«

»Ja, in die zehnte Klasse. Realschule.«

»Na, dann bist du ja bald fertig?«, folgerte Herr Kaiser.

Jetzt spitzte ich die Ohren, welche Antwort mein Sohn wohl darauf geben würde. Über das Gespräch bei seinem Klassenlehrer Herrn Böller hatte ich ihm gegenüber nie ein Wort verloren. Ich wartete bis heute vergeblich darauf, dass er sich als Sitzenbleiber outen würde.

»Eigentlich schon, aber in manchen Fächern steh ich … hab ich …, also um ehrlich zu sein, bleib ich wahrscheinlich …«

»… sitzen«, vervollständigte Herr Kaiser.

»Ja, so könnte man sagen«, gab Benni mit gedämpfter Stimme zu und vermied dabei den Blickkontakt mit mir.

»Und was möchtest du machen, wenn du die Schule hinter dir hast?«

»Ich möchte unbedingt Koch werden.«

»Na, das ist doch was Ehrbares.«

»Da ist es, glaub ich, eh besser, man ist nicht ganz so jung.

»Wieso denn das?«

»Ja, wissen Sie, dann ist das Jugendarbeitsschutzgesetz etwas großzügiger und ich kann die Kolleginnen und Kollegen aufgrund der erlaubten längeren Arbeitszeiten besser unterstützen«, erklärte Benni selbstbewusst.

»So, so.«

Mir fiel während des ganzen Gesprächs auf, wie verzückt Frau Kaiser auf den Jungen schaute.

»Ich beneide Sie, Frau Hecht, Kinder im Haus, das ist ein großes Glück. Unser Sohn ist vor Jahren ausgezogen und wir sehen ihn leider sehr wenig, da er ständig in ganz Deutschland unterwegs ist.«

Ah, Vertreter oder LKW-Fahrer vermutlich.

»Hier habe ich Ihnen von unserer Stadtinformation einige aktuelle Broschüren mitgebracht, darin erfahren Sie eine Menge über Ulm.«

Ich drückte jedem der beiden einen kleinen Stapel Faltblätter in die Hand. Meine Joker bei Ahnungslosigkeit.

»Da können Sie dann alles nachlesen.«

Benni überließ ich meinen alten Stadtführer, der mich in Heimat- und Sachkunde in der Grundschule begleitet hatte.

»So, jetzt kann es losgehen«, sagte ich auffordernd in die Runde.

Wir überquerten die Neue Straße, schlenderten in Richtung Norden am Münster vorbei und bogen in die Hafengasse ein.

»Hafengasse, so weit weg von der Donau?«, fragte Herr Kaiser erstaunt.

»Ähm.«

Das ging ja schon gut los. Ich lächelte Herrn Kaiser spitzbübisch an. War ja keine konkrete Frage. Ich musste die Flucht nach vorne antreten. Wenn ich ununterbrochen redete, konnte er keine Fragen stellen. So erzählte ich kreuz und quer, was mir zu Ulm gerade einfiel. Die Geschichten vom Ulmer Spatz und dem Schneider von Ulm, vom berühmten Ulmer Albert Einstein und den sieben Ulmer Hügeln. In meinen Ausführungen war ich thematisch und chronologisch sprunghaft.

Herr Kaiser runzelte ein paar Mal seine Stirn. Sicher blendete ihn die Sonne.

Ich bugsierte meine kleine Gruppe nach links. »Hier kommen wir zur Kornhausgasse beziehungsweise zum Kornhaus.«

Ich fixierte Herrn Kaiser. *Kornhaus, so weit weg von einem Feld*?

Jetzt lächelte Herr Kaiser spitzbübisch zurück.

Benni sah sich überall interessiert um, er hatte manches in unserer Stadt wohl bisher gar nicht wahrgenommen. Dass es außer Computergeschäften, Klamottenläden und Kneipen anderes Attraktives gab, wurde ihm wohl gerade bewusst.

»Ist interessant und die beiden Alten sind ja echt locker«, flüsterte er mir zu.

Und er wurde es auch. »Ob grad, ob schief – 's ist doch alles relativ«, trug er vor.

Als er Frau Kaiser zum dritten Mal mit dem Zungenbrecher »In Ulm, um Ulm und um Ulm herum« drillte, trat ich ihm unauffällig ans Schienbein.

Wir waren ein eingespieltes Team. In meine Zuständigkeit bei der Tour fiel das Zeigen und Benennen, Benni war für die Infos aus dem antiquarischen Stadtführer zuständig und die Kaisers für's Freuen, Staunen und Loben.

Einige Male musste ich leider auf »Das können Sie dann nachlesen« zurückgreifen. Dann nickten mir die beiden nachsichtig zu.

»Frau Hecht, Sie sind die unprofessionellste Stadtführerin, die wir je hatten, und wir hatten schon viele, nicht wahr, Maria?«, fragte er schmunzelnd seine Frau. »Aber wir sind uns auch einig, dass es noch niemals so lustig war.«

»Ja vielen Dank! Kann ich Ihnen noch das Justizgebäude und das Theater Ulm zeigen?« Ich hielt kurz an und deutete nach Norden.

»Nein danke, das können wir dann nachlesen«, sagte Herr Kaiser lachend. »Lassen Sie uns doch mehr zur Donau hin spazieren.«

Frau Kaiser war begeistert von all den kleinen Gassen, den Fachwerkhäusern und den kleinen Läden.

»Und von überall her begleiten einen die Türme des Münsters, wirklich schön«, bemerkte Frau Kaiser immer wieder.

»Ja, gell«, antwortete ich stolz, als hätte ich bei dessen Grundsteinlegung mitgewirkt.

Wir gingen die Kohlgasse entlang und dann in einem Bogen Richtung Süden ins Fischerviertel. Das Münster ließen wir aus, das kannten die beiden schon.

Unser Tempo wurde immer gemächlicher. Es war schwül geworden, die Luft stand. Ich schlug eine Pause vor.

»Ja, mal kurz hinsetzen wäre nicht schlecht«, stimmte Herr Kaiser zu.

Wir ließen uns auf einer kleinen Mauer mit Blick auf eine unserer reizvollsten Sehenswürdigkeiten nieder, das Schiefe Haus. Ich erzählte ein wenig über das Fachwerkhaus aus dem 14. Jahrhundert mit der legendären Schieflage, über die bunte Vielfalt der ehemaligen Bewohner, die damalige Verwendung des Gebäudes und über die heutige Nutzung als Hotel.

»Im Lauf der Zeit sackte das Haus einseitig so sehr ab, dass man befürchten musste …

»Ohhh«, kam lang gezogen von Herrn Kaiser, »oh nein!«

»Na, es steht ja noch«, beruhigte ich ihn.

Erneut kam das gedehnte »Ohhh« von Herrn Kaiser und von Frau Kaiser ein verstörtes »Ludwig?«

Herr Kaiser war zur Seite geneigt, kalkweiß im Gesicht, Schweiß rann ihm von der Stirn, er schien abwesend.

»Um Gottes willen, Herr Kaiser!«, schrie ich und hielt ihn dabei an den Schultern fest, damit er nicht von der Mauer fiel. »Ist Ihnen nicht gut?«

Wir legten Herrn Kaiser auf eine Bank, seine Frau schob ihm ihre Tasche unter den Kopf und fächelte ihm Luft zu. Herzinfarkt, Schlaganfall, Kreislaufkollaps? Was sollte ich tun? Worte wie »Defibrillator«, »stabile Seitenlage« und

»Atemspende« schwirrten mir durch den Kopf. Ich hob seine Beine an.

»Schnell, Benni, nimm dein Handy und wähle den Notruf! – Es wird alles gut, Frau Kaiser, es kommt gleich Hilfe für Ihren Mann.«

Sie nickte nur, außerstande, ein Wort zu sagen.

Kurz darauf war der Rettungswagen da und Herr Kaiser wurde versorgt.

»Sie kommen doch nach, nicht wahr, Frau Hecht?«, flehte Frau Kaiser, als sie mit gequältem Blick auf die Beifahrertür des Rettungswagens zuging.

»Oberer Eselsberg, Uniklinik!«

Der Rettungsassistent half Frau Kaiser beim Einsteigen.

Mit Benni eilte ich zu unserem Auto, das wir in der Tiefgarage Neue Straße abgestellt hatten, und wir fuhren zur Universitätsklinik. Nachdem wir uns durchgefragt hatten, trafen wir vor der Tür zur Notaufnahme auf Frau Kaiser. Sie saß zusammengesunken auf einem Stuhl und weinte.

»Frau Kaiser, es wird sicher alles gut«, versuchte ich sie zu trösten. »Ihr Mann ist bald wieder auf den Beinen, das ist bestimmt nur eine kleine Schwäche, das Wetter wird ihm zugesetzt haben.«

Oder hatte ich die beiden überfordert? Hätte ich eher eine Pause einlegen oder Herrn Kaiser bitten sollen, sein Westchen abzulegen? Wenigstens für ausreichend Flüssigkeit hätte ich sorgen können! Es war verantwortungslos von mir.

Was, wenn Herr Kaiser stirbt?

Ich dachte an Harry, an Alex, Benni, Chris … und an Sina. Vermutlich, weil unsere Beziehung mit einem Krankenhaus zusammenhing. Ich sah sie vor mir, wie sie sich mit der blutigen Schere in der Hand bei Chris Geburt die Tränen wegwischte. In einem Krankenhaus schloss sich der Kreis. Sie verhalf indirekt einem Menschen zum Leben und ich …?

Eine Stimme riss mich aus meinen Gedanken. »Sind Sie die Angehörigen von Herrn Kaiser?«

»Ja, sind wir«, kam von Frau Kaiser leise, aber sehr bestimmt.

»Ich bin der erstversorgende Arzt, ich kann Entwarnung geben, Ihrem Mann beziehungsweise Ihrem Vater und Opa geht es so weit gut, wir werden ihn jedoch ein paar Tage hierbehalten – zur Sicherheit.«

Die neue Familienkonstellation: Mutter und Tochter lagen sich, samt Enkelsohn, in den Armen.

Frau Kaiser konnte das Hotelzimmer für zwei weitere Nächte buchen und danach mit ihrem Mann die Heimreise antreten. Wir wussten beim Abschied um unsere Verbundenheit, selbst wenn wir uns nie wieder im Leben begegnen würden, wie wir dachten.

Kapitel 7 | *Sina*

»Hallo, Sina, wollen wir am Samstag auf einen Schoppen gehen? Nur wir beide.«

Nathalie am Telefon.

»Au ja! Aber Samstag, da war doch schon was!« Ich stutzte. »Habt ihr da nicht euren Hochzeitstag?«

»Ja.« Kurze Pause. »Und?«

»Du willst deinen Hochzeitstag mit deiner Freundin verbringen?«, hakte ich ungläubig nach.

»Ja«, antwortete sie leicht schnippisch.

»Und Harry?«

»Der auch.«

»Wie, der auch?«

»Na, der verbringt seinen Hochzeitstag auch mit seiner Freundin.«

Wieder dieser Unterton.

»Willst du damit andeuten, dass Harry ...«

Harry, der sich in rutschiger Bettwäsche suhlt ... unter ihm ein sich ekstatisch windendes Peroxid-Silikon-Gemisch ... beide stoßen wollüstige Grunzlaute aus.

»Niemals!«, sagte ich und lachte. »Das kann nicht dein Ernst sein!«

»Nein, das ist mein Harry«, antwortete sie spitz.

»Drehst du jetzt total durch? Harry liebt dich! Der wäre auch viel zu bequem, eine anzubaggern.« Ich fühlte, wie Panik langsam nach meinem Magen griff. »Total abwegig«, versicherte ich uns.

»Vielleicht hat ja eine ihn angebaggert.«

»Na, noch ausgeschlossener! Bei aller Liebe! Unseren Harry?« Ich versuchte überzeugend ins Telefon zu prusten. »Wie kommst du denn auf so einen Schafscheiß?«

»Ich habe was in seinem Sakko gefunden.« Nathalies Stimme klang triumphierend.

»Was hast du gefunden?« Ich rechnete mit dem Schlimmsten. »Hotelrechnung? Kondome? Blumenquittung? Sag schon!«

»Einen Zettel mit einer Handynummer – ohne Namen.«

Die Krallen der Panik lockerten sich augenblicklich. »Ah ja! Doch so eindeutig.«

»Du weißt nicht alles.«

»Da gibt es nicht mehr zu wissen. Natze, komm zu dir!«, sagte ich eindringlich.

»Einen herzförmigen Zettel, in der zugeknöpften Innentasche. Zu-ge-knö-pft!« Nathalie spuckte die Silben durchs Telefon. Entschuldigend schob sie hinterher: »Ich wollte das Sakko zur Reinigung geben.«

»Vor mir brauchst du dich nicht rechtfertigen, dass du die Klamotten deines Gatten durchwühlst«, gab ich zurück. »Du schließt aus zu-ge-knö-pft«, ich versuchte das Zischen zu imitieren, »dass Harry rum..., äh, äh, rum..., rum..., dingst.« Es kam mir nicht über die Lippen. »Es könnte ja auch was Geschäftliches sein.«

»Was Geschäftliches?« Jetzt wurde Nathalie etwas lauter. »Du meinst, er gibt ihr auch noch unser Geld?«, schnaufte sie ins Telefon.

»Nein, ich meine einen Geschäftspartner. Vielleicht hat er die Nummer eines Kunden oder Lieferanten notiert«, schnaufte ich beinahe ebenso laut zurück.

»Auf rosa Herzchenpapier?« Ihre Stimme überschlug sich. »Um solche Geschäftspartner macht Harry einen großen Bogen«, entrüstete sie sich. »Es ist auch nicht seine Schrift.« Sie atmete noch mal tief durch und fuhr dann mit normaler Lautstärke fort: »Für mich ist klar, solch kitschige Zettel nehmen nur Frauen. Und die Frauen, die Harry kennt, kenne ich auch. Also habe ich die Telefonnummern all unserer gemeinsamen Bekannten abgeglichen.« Sie seufzte. »Übereinstimmung – keine. So, jetzt du!«

»Dann wird es wohl am besten sein, du sprichst Harry direkt darauf an.«

»Noch nicht, dazu müssen wir erst noch weitere Beweise sammeln.«

»Wer ist wir?«

Ich kannte die Antwort, aber man will ja noch gefragt werden, bevor man dem Mann seiner besten Freundin hinterherspionieren darf. »Wir ist eigentlich … nur du«, kam nun kleinlaut von Nathalie. »Ich kann das nicht.«

»Aha.«

Es gab tausend Möglichkeiten, wie die Nummer auf einen schnulzigen Zettel kam. Nathalie war verzweifelt. Mir blieb gar nichts anderes übrig.

»Okay, ich mach's! Du blamierst dich möglicherweise, meldest dich mit richtigem Namen und bringst Anschuldigungen vor, die deinen Gatten zum Gespött der ganzen Branche machen.«

Für mich stand felsenfest, dass die Angelegenheit nur mit seiner Arbeit zu tun haben konnte, und ich wollte die Sache schnell aufgelöst wissen.

»Martina Dimsch«, meldete sich eine sympathische Stimme.

Ich hatte die Nummer vom pinkfarbenen Beweismittel gewählt, die Nathalie mir durchgegeben hatte.

»Entschuldigung, jetzt habe ich Ihren Namen nicht verstanden.«

Ich knabberte gerade an einem Keks aus dem exquisiten und geheimen Fundus meines Chefs. Der war bereits in seinem unverdienten Feierabend und ich saß an seinem Schreibtisch und telefonierte von seinem Apparat. Natürlich nur der Tarnung wegen.

»Ja, rückwärts wäre er einfacher. Dora – Ida – Marta – Sch«, buchstabierte sie. »Martina.«

»Dora? Ida? Marta? Ach so, ja. Äh, ich hab nur ’ne kleine Frage, sagt Ihnen der Name Harry was?« Ich versuchte so fröhlich wie möglich zu klingen.

»Gefährte Munter kürzt die Wege.« Wie Oma Hilde schon wusste.

»Harry.« Es dauerte einen Moment. »›Harry‹ sagt mir im Moment gar nichts. Aber einen Augenblick, heute sind die Silvia, die Gabi und die Vicky da … und halt, die Rita auch. Vielleicht kennen die einen Harry … und wie noch?«

Hatte die Firma nur Damen? Schon seltsam!

»Haben Sie keinen Mann?« Ich klammerte mich an meine These: rein beruflich.

»Mei Ma, hör mir mit dem Seggl auf, der isch scho lang verschwunda, hot mi hocka lau mit meim Kloina. Jetzt bin i hier im Studio, um a paar Euro zu verdiena. Erscht war’s ja bloß a Hobby, aber allmählich wird’s zur Arbeit.«

Meine Theorie zerbröselte wie der Keks in meiner Hand.

Ich täuschte Einfühlsamkeit vor. »Oh, das tut mir leid!«

Ein Studio! Vielleicht ein Sonnen-, Foto- oder Musikstudio. Musikstudio!

Harry in einem Paillettensmoking, das Mikro lasziv im Gleichklang mit den Hüften schwingend … konzentrier dich!

»In Ihrem Studio?«

»Das ist nicht meines«, unterbrach sie mich und hatte außer ihrer Fassung auch ihr Hochdeutsch wiedergefunden. »Wir dürfen hier die Räumlichkeiten nutzen, stundenweise oder auch tageweise, je nach Lust und Laune. Kann ich Ihnen vielleicht weiterhelfen? Möchten Sie hier gerne mitmachen?« Mit einem Mal klang sie recht heiter.

Mir wurde heiß. Ein Stundenhotel?

Harry im Leo-Slip rekelt sich auf einer roten Samtcouch. Barbusige Damen flößen ihm Champagner ein und verfallen in hysterisches Gekicher, wenn er mit seinem Becken impulsartige Zuckungen antäuscht …

»Auch wenn Sie noch gar nichts in der Richtung gemacht haben, hier finden Sie bestimmt eine Technik, die Ihnen zusagt. Die meisten schätzen sich falsch ein und sind anfangs zurückhaltend, aber man wird immer besser mit der Zeit«, plauderte Dora-Ida-Marta fröhlich weiter. »Sie finden uns am Willy-Brandt-Platz, Ecke Münchner Straße. Wir sind ganz oben. Aber rufen Sie bitte erst an, wenn Sie mal reinschnuppern möchten. Das Handy gehört hier fest zum Studio und wenn sich keiner meldet, ist auch keiner da.«

Reinschnuppern? Wo rein denn? Bäh!

War ihre Heiterkeit die Vorfreude, dass ich ihr die Arbeit abnahm?

Da gibt die einfach so die Adresse raus, Diskretion sieht aber anders aus! Wenn ich jetzt die Ehefrau eines Kunden wäre. Aber die bin ich ja! Quasi!

Langsam wurde ich wütend.

Harry, du Arsch!

»Ich denk noch drüber nach, vielen Dank und auf Wiederhören«, verabschiedete ich mich schnell.

Meine Theorie und mein unerschütterlicher Glaube an Harry waren in die Plüschritzen eines roten Sofas gekrochen. Wie sollte ich das Nathalie beibringen? Das musste ein Irrtum sein! Ich versuchte mich selbst zu beruhigen. Vielleicht hatte Harry ja Rohre in das Etablissement geliefert, weil die Klospülung kaputt war oder ein Kondom die Whirlpoolleitung verstopft hatte. Ja, genau, so musste es sein. Ich grinste. Sozusagen ein Rohr verlegt.

Um den letzten Zweifel auszuräumen, blieb mir nichts anderes übrig, als mir den Willy-Brandt-Platz mal näher anzuschauen.

»Die Namen, die sie genannt hat, das sind doch eigentlich keine Namen, die Erotik aufkommen lassen«, versuchte ich Nathalie telefonisch zu beruhigen.

»So heißen sie vermutlich vor und nach Ladenschluss, und während der Öffnungszeiten nennen sie sich Chantalle, Jacqueline oder Michelle«, konterte sie.

»Ladenschluss und Öffnungszeiten, auch nicht schlecht in dem Zusammenhang«, kicherte ich. »Natze, wir dürfen keine voreiligen Schlüsse ziehen. Ich schau mir den Schuppen an, dann wissen wir mehr.«

»Ruf mich aber sofort an! Mach Fotos! Am besten von allen und in flagranti! Vielleicht sollte ich ja doch mitkommen und die Kinder auch noch.«

»Um Himmels willen! Mach mal halblang! Ich schaff das auch allein. Wenn Harry da echt ›kasumaduklat‹, dann schneid ich ihm die Glocken ab!«

Kapitel 8 | *Nathalie*

»Was sich bisher unter der Oberfläche befand, tritt nun ans Licht. Sie sind herausgefordert, verschiedene Entwicklungen zu überprüfen. Wird Ihre Position infrage gestellt, gehen Sie sofort zum gnadenlosen Gegenangriff über.«

Schwarz auf weiß, hier stand es schwarz auf weiß! Nein, halt, ich war in der Spalte verrutscht, das war der Schütze. Hier stand ich – der Steinbock.

»Wenn etwas schiefläuft, zögern Sie nicht zu lange. Sonst stehen Sie bald im Regen. Es kommt nicht immer auf eine perfekte Planung an. Es ist wichtig, dass die Dinger überhaupt in Gang kommen.«

Welche Dinger? Ich sah noch mal genau hin. Ach, Dinge hieß das. Ich nahm einen Schluck meines Morgenkaffees und zupfte fahrig an der Zeitungsseite mit den Horoskopen herum.

Jawohl, passte auch. Nun musste ein Steinbock tun, was ein Steinbock tun muss. Er musste gehen.

Oder sollte ich abwarten, was Sina herausfand? Was das für eine war, die sich an Harry rangemacht hatte? Man musste den Feind kennen, gegen den man in die Schlacht zog. Ich wollte aber gar nicht schlachten, ich wollte nicht mal streiten. Ich wollte hocken bleiben in meinem Einfamilienhaus mit der energetisch optimal gedämmten Fassade, mit den mit Zwergmispel eingefassten Beeten, und auf Enkel warten.

Nein!

Ich würde ausziehen und alles zurücklassen. Ich legte keinen Wert auf Materielles, Harry könnte alles behalten. Nur ganz Persönliches würde ich mitnehmen, und Selbstgemachtes. Meine Bilder und meine Kinder.

Aber wohin sollte ich gehen?

Dorthin, wo man geliebt wird, wohin man immer gehen kann, selbst wenn man noch so bescheuerte Sachen macht. Zu den Eltern.

Doch wie ich die Verteilung von sechs Personen auf die Räumlichkeiten in dem kleinen Häuschen meiner Eltern auch auslotete, ich konnte uns nicht sinnvoll verstauen. Nicht einmal, wenn ich den kleinen Schuppen im Garten, zumindest für die Sommermonate, mit einbezog.

Zwei Personen waren definitiv zu viel. Sollte ich die beiden Großen beim Vater lassen?

Zwei Personen … zwei Personen.

»Jetzt hab ich's!«

Ich fing schon an, mit mir selbst zu sprechen.

Meine Eltern würden zu Harry ziehen. Sie hielten große Stücke auf ihn, von Anfang an war er der Allerbeste aller besten Schwiegersöhne. Ich war ein Einzelkind.

Geniale Idee. Harry würde haushaltstechnisch versorgt und meine Eltern hätten jemanden, wenn Hilfsbedürftigkeit einträte. Und ich müsste mich nicht um eine Wohnung samt Inventar kümmern. Das tapfere Schneiderlein ließ grüßen, sieben auf einen Streich!

»Quatsch«, hörte ich mich sagen, »Oma und Opa bleiben, wo sie sind.«

Ich würde mir eine Wohnung und Arbeit suchen. Oder umgekehrt, der Finanzen wegen. Andere Frauen fanden doch auch einen Job nach der Babypause. Gut, meine dauerte nun beinahe zwanzig Jahre, aber wenn man was konnte, standen einem alle Türen offen.

»Und irgendwas kannst du auch«, murmelte ich vor mich hin.

Zum Beispiel, also … ja was denn zum Beispiel?

Also, ich könnte zum Beispiel Harry den Haushalt führen. Dann müsste er sich nicht die Bedienung der Waschmaschine und all der anderen für ihn befremdlichen Geräte aneignen. Ich würde ihn mit einem niederen Stundenlohn ködern und mir die hundertdreißig Wochenstunden schwarz ausbezahlen lassen.

So ein Quatsch, nein, ich würde gehen!

Ich nehme aber nur die Kinder mit und lasse die Bilder hier. Er soll täglich mit Erinnerungen an mich konfrontiert werden. Ich hinterlasse damit deutlich sichtbare, persönliche Spuren.

Wirkungsvoller wäre in dieser Hinsicht allerdings, sein Auto zu zerkratzen.

Ich fuhr zusammen. Wenn wir alle aus dem Haus gingen, dann … dann öffnete ich der Neuen Tür und Tor. Sie würde anfangen, aus meinem Tellerchen zu essen, aus meinem Becherchen zu trinken und in meinem … Kommt ja gar nicht in die Tüte!

Ich musste bleiben! Harry musste gehen. Dass ich nicht früher darauf gekommen war! Natürlich musste Harry gehen, er war schließlich schuld an dem ganzen Dilemma. Dann würde sich nichts für uns ändern. Die Jungs behielten ihr Zuhause, ihre Freunde in der Nachbarschaft und Chris könnte an seiner Schule bleiben. Und ich würde mein Leben wie eh und je leben. Nur würde ich dann abends eben allein vor dem Fernseher sitzen.

Am Wochenende würde ich einsam meine Joggingrunden drehen und mit Chris Labyrinth spielen, aus dem ich nicht herausfände, wie im richtigen Leben.

Einladungen blieben aus, da unsere Freunde und Bekannten Konflikte zwischen uns fürchteten, mit denen wir die lustigste Runde sprengen könnten. Probleme und Sorgen würde ich mit der Super Nanny lösen und Herrn Zwegat, und sollte es ganz dick kommen, würde mir Vera Int-Veen unter die Arme greifen.

Bevor ich in Selbstmitleid verfiel, wurstelte ich die Zeitung zusammen und schmiss sie in Richtung Zeitungsständer. Wie gut das tat.

Harry hasste es, wenn die Seiten nicht lagen wie aus der Druckerei.

Zukünftig würde ich all die kleinen, eigentlich unbedeutenden Dinge im Haus miss-achten, auf deren Einhaltung er großen Wert legte. Er musste mürbe werden!

Ich würde mich darüber amüsieren, wie er sich im Flur täglich auf die Suche nach seinen Hausschlappen macht. Sie würden immer an einem anderen Ort zu finden sein, nämlich immer dort, wo er sie abstreifte.

Auf unserem Speiseplan würden zukünftig Lebensmittel Berücksichtigung finden, die ich immer wieder verwarf, da Harry sie quasi nicht vertrug.

Das heißt, Reis würde ein Hauptbestandteil meiner Küche werden. Beim Getränkekauf würde unterstützt werden, wer kein glückliches Händchen beim Brauen hatte, und ich liebte Brot mit Kümmel. Meine Sabotage würde sich auf alle Bereiche und Gelegenheiten des täglichen Lebens erstrecken. Im Extremfall würde er bei jedem Toilettenbesuch eine Papierrolle vermissen.

Und zum Schlafzimmer nur so viel: Ich hatte bisher in meinem ganzen Leben noch kein einziges Mal Migräne …

Nein, das alles konnte und wollte ich nicht wirklich. Der Stress, sich immer wieder kleine Gemeinheiten auszudenken. Ich wollte nur die Wahrheit erfahren.

Vielleicht wussten alle anderen schon Bescheid. Unsere Bekannten, die Nachbarn, Harrys Personal, die alte Graute zum Beispiel. Klang sie neulich bei einem Telefonat nicht irgendwie triumphierend: »Ihr Mann hat heute noch ein Meeting, das kann spät werden.« Freut man sich, wenn der Chef bis in die Nacht schuften muss?

Und auch unsere Nachbarn, wie sollte ich deren Verhalten deuten? Frau Weihers, die mich jetzt immer so mitleidig musterte und mit aufgerissenen Augen ihren Kopf so ganz merkwürdig zur Seite neigte, als sie fragte: »Ihnen geht es wohl gerade auch nicht so gut?« Die Bäckersfrau, die uns seit mindestens sieben Jahren jeden Freitag zwei Geschöpfte auf den Ladentisch legte: »Sollen es ein oder zwei Geschöpfte sein, Frau Hecht?«

Na, noch wohnte Harry bei uns!

Strich nicht Frau Klaarers neulich unserem Chris die Wange mit den Worten: »Du bisch doch a netts Büable.« Wäre ich nicht zufällig aus dem Haus gekommen, hätte sie sicherlich den Satz vervollständigt: »Bloß schad, dass dein Vaddr dei Muadr so bscheißt.«

Das Telefon klingelte.

Ich wollte mit niemandem sprechen. Aber wenn es ein Notfall war, wenn etwas mit den Kindern war? Nein, ich ging jetzt nicht ans Telefon. Und wenn Harry etwas brauchte.

»Hecht.«

Eine Null-Null-Nummer.

»Hallo … du, Nathalie?«, klang es gedämpft aus dem Hörer.

»Ja, und wer du?«, fragte ich vorsichtig.

»Ich derr, derr die Rradfahrrerr machen fit und mit dirr tanzen in Italien, du wissen?«

Ach du Schande, ja, ich wissen, wollte ich schon entgegnen, aber ich brachte keinen Ton heraus.

Dieses rollende »R«. Der riesige Russe, der russische Riese! Meine Nummer mit der Nummer.

Die Disco schlägt zurück. Warum ruft der denn hier an?

»Du errinnerrn dich, du mirr deine Nummerr gegeben und wirr bald in deine Nähe, wirr rreise durch dich mit unserre Team. Wirr mit dirr treffen und freuen uns alle sehrr auf dich. Und Rruud, der sich auch frreuen, frreuen auf die anderre Frrau, auf deine Frreundin mit anderre Haarre.«

Oh nein, für den Discoabend hatte ich mich bereits damals geschämt, schon am darauffolgenden Morgen – und zwar nicht zu knapp!

Ich nicht diese Nathalie, ich andere Nathalie, ich Italien nix kenne, wollte ich schon behaupten, um ihn loszuwerden, als ich mich auf meine momentane Situation besann. Warum denn eigentlich nicht, wenn sich doch alle sooo auf mich freuten? Mein lieber Harry, was du kannst, kann ich auch. *Mann* freut sich auf mich.

»Ja, gut … wie war doch gleich dein Name?«

»Alexej, furr dich Sascha.«

»Ach ja, okay, Schasch… ähm, Sascha, wenn ihr auf eurer Durchreise in unserer Nähe seid, dann melde dich nochmal, oder euer Teamchef, der Ruud, der soll sich melden. Ich gebe dann auch meiner blonden Freundin Bescheid. Du – mich – haben – verstanden?«

»Gutt, so wirr machen«, sagte er emotionslos wie alles andere auch.

Wenn dieses Gespräch Freude ausdrücken sollte, mochte ich Alexej nicht sauer erleben.

»Gut, so wirr machen«, sagte er nochmal und »Paka, Nathalie«, dann legte er auf.

Kapitel 9 | *Sina*

Das Haus am Willy-Brandt-Platz wirkte seriös. Kein versteckter Eingang über den Hinterhof, keine Leuchtwerbung und schon gar keine rote Laterne. Das oberste Stockwerk war beinahe rundum verglast und nur in zwei Stockwerken brannte Licht. Ein Messingschild neben der Eingangstür zeigte an, dass hier verschiedene Fachärzte und Anwälte tätig waren. Man konnte hier ganz entspannt ein- und ausgehen, ohne verdächtig zu erscheinen.

Geschickt getarnt! Wahrscheinlich gingen die Damen durch die gynäkologische und die Herren durch die urologische Praxis zum so genannten Studio.

Vom kleinen Vorraum aus waren es nur ein paar Schritte zum Aufzug. Ich drückte eine beleuchtete Taste, die Tür öffnete sich und ich trat ein. Irgendwo musste ich zumindest einen versteckten Hinweis auf Gabi, Rita und die anderen Mädels finden. Die Namen der Praxen und Kanzleien standen seitlich an den Etagenknöpfen und ganz oben ungetarnt und direkt ins Auge springend: SM-Studio Ulm (SMU).

»Ach du liebes bisschen!«, entfuhr es mir.

Harry wieder in seinem Leo-Slip, diesmal in der Latexversion, und Lederhalsband. Im Vierfüßlerstand schielt er demütig auf eine Dame mit Peitsche. Na, das hätte er auch zu Hause haben können!

Versunken in meine Fantasien bemerkte ich gar nicht, wie sich die Tür schloss und sich der Aufzug in Bewegung setzte. Irgendjemand holte mich unaufhaltsam in Richtung Sado-Maso-Welt. Hektisch drückte ich die anderen Etagenknöpfe. An den Leuchtziffern war zu erkennen, dass ich die Ärzte und Anwälte bereits unter mir gelassen hatte. Mit einem kleinen Ruck blieb der Aufzug stehen und die Tür öffnete sich.

Vor mir stand ein Mann, geschätzte fünfzig, zerzauste Haare, mit Cordhose und kariertem Flanellhemd.

So also sieht so einer aus!

»Grüß Gott!«, sagte ich.

Er nickte und betrat den Aufzug, während ich vorsichtig einige Schritte ins Treppenhaus machte, bestrebt, ihn möglichst nicht zu berühren.

»Möchtest du noch zu uns? Es ist keiner mehr da, ich war der Einzige und alleine hatte ich auch keinen Spaß mehr.«

Zu viel Information!

»Bist du neu hier, habe dich noch gar nie gesehen? Ich bin der Alfred, vielleicht ergibt es sich mal, dass wir was zusammen machen.« Adele!, hörte ich noch durch einen kleinen Spalt an der Aufzugtüre, ehe sie sich ganz schloss und Alfred mit nach unten nahm.

Mir stand der Mund offen.

Unglaublich, was hinter der biedersten Fassade stecken kann!

Ich stand nun vor einer verschlossenen Tür aus Edelstahl und mattiertem Glas. Hinter dieser unscheinbaren Pforte spielten sich also blutrünstige Sexspiele ab. Was hatte sich Harry nur dabei gedacht? Der war doch sonst so normal! Wahrscheinlich deshalb. Kopfschüttelnd verließ ich über die Treppe das Gebäude.

Meine Berichterstattung an Nathalie zögerte ich noch hinaus. Ich musste mit Harry sprechen. Morgen gleich in der Früh! Na, der konnte was erleben!

Am nächsten Morgen rief ich Harry in der Firma an.

»Hallo Harry, Sina hier. Kannst du sprechen, ohne dass jemand zuhört?«

»Ja hallo, Sina, alte Zwetschge«, witzelte er, »das klingt ja sehr förmlich, was ist los?«

»Brauchst gar nicht so rumeiern«, platzte ich heraus. »Sagt dir SMU irgendwas?«

»Natürlich, das sind Schubsicherungen für Schraubmuffenverbindungen«, kam ohne Zögern.

Diese Ratte! Muffenverbindung, das war an Frechheit kaum zu überbieten. Wer war dieser Mann?

»Harry!«, schnaubte ich in den Hörer. »Die Norddeutschen würden jetzt sagen: ›Nu ma Budder bei die Fische.‹ Ich weiß gerade nicht, wie wir das nennen.«

»Wir würden sagen: die Hosen runterlassen.« Dabei lachte er heftig.

»Gutes Stichwort, Harry. Zweiter Tipp: Willy Brandt.« Ich war voll in Fahrt.

Sein Lachen endete abrupt. »Woher weißt du davon?«

»Egal! Viel schlimmer ist, dass auch Nathalie davon weiß. Sie hat ein putziges Zettelchen mit Telefonnummer gefunden und weiß über alles Bescheid.«

Meine Rolle bei der Aufklärung war jetzt völlig unbedeutend.

»Och! Das ärgert mich jetzt aber, dass alles schon vorher rausgekommen ist«, sagte er enttäuscht.

Der macht auf naiv!

»Ach, wann hätte Nathalie es denn erfahren sollen?«

»Erst an unserem Hochzeitstag, es hätte eine Überraschung sein sollen«, jammerte er ins Telefon.

»Das haut dem Fass den Boden aus! Du betrügst deine Frau und willst ihr das ausgerechnet an eurem Hochzeitstag beichten?«

»Wieso betrügen?«

»Die Adresse hinter der Telefonnummer ist ein Etablissement, von dem sich ein verheirateter Mann fernhalten sollte.«

»Was laberst du denn da?« Er wurde jetzt ungeduldig.

»SMU, sag ich nur! SMU! Was könnte das wohl heißen? Nichts mit Muffen! Das kannste steckenlassen!«, fauchte ich.

Kurze Stille am anderen Ende. Dann ein langes Ausschnaufgeräusch.

»Mann, Sina, ich hoffe, der Stuss ist nicht auf deinem Mist gewachsen!«

»Du bist doch echt groddefalsch!« Jetzt auch noch mir die Schuld unterjubeln!

»Dein so genanntes Etablissement sind die Räumlichkeiten der Ulmer Sonntagsmaler. Sie haben in ihrem Studio einzelne Ateliers, die sie ihren Mitgliedern zur Verfügung stellen. Man kann dort ganztägig an Workshops teilnehmen, an Themenabenden, einzelne Stunden nehmen und verschiedene …!«

»… Techniken ausprobieren, je nach Lust und Laune«, führte ich kleinlaut seinen Satz zu Ende. »SMU heißt Sonntagsmaler Ulm.«

»Richtig! Du Superzwetschge!«, knurrte Harry

»Upps!« Mehr fiel mir nicht ein.

»Nathalie malt doch immer in der Küche. Sie muss ihre Sachen immer wegräumen und da dachte ich, die Sonntagsmaler wären was für sie. Jetzt ist die Überraschung im Eimer«, sagte er frustriert.

»Aber nein, Harry! Das geht schon in Ordnung mit deiner Überraschung. Glaube mir! Sie vermutet nur. So ganz Abstruses.«

Ich versuchte zu retten, was noch nicht durch die Rohre war.

»Na, da bin ich ja froh, dass du nicht auch was vermutest!«

»Ach, Harry! Vergiss das mit dem Sado-Maso!«

»Sado-Maso?!«, kreischte er. »Ihr habt sie ja wohl nicht mehr alle!«

»Ich, Harry, ich hab sie nicht mehr alle, kennst mich doch«, sagte ich leise. »Vergiss, dass ich angerufen habe. Du bist ein toller Mann, wir lieben dich.«

Ich schluckte heftig und legte schnell auf.

Nathalie erlebte einen glücklichen Hochzeitstag mit einer gelungenen Überraschung und vermutlich auch einer tollen Hochzeitsnacht.

Als ich ungefähr drei Wochen später gerade eine letzte E-Mail in die Redaktion schickte, klingelte das Telefon.

»Na, Sinchen, alles klar?«, fragte Nathalie irgendwie besorgt.

»Mann, dich wollte ich gerade anrufen, ich habe eine Wahnsinnsneuigkeit für dich!«

»Wenn sie von Jean Pascal ist, kannst du sie für dich behalten! Ich knappse immer noch vom Haushaltsgeld zehn Euro pro Woche fürs Schwalbennest ab.«

»Ach, der Häberle, den kannst du knicken! Der ist zwar wahnsinnig, aber das überrascht keinen mehr.«

»Du hast ihn also auch mit ihr gesehen?«

»Mit seiner Mutter? Du weißt doch, dass er mit seiner Frau Mama ein Herz und eine Seele ist. Die Schlafzimmerszene habe ich dir doch erzählt, oder?«

»Ihh, nee, erzähl!«

»Es war unsere erste und letzte Nacht in seinem Elternhaus. Er versicherte mir mehrmals, dass das mit der Hotelrechnung ein Missverständnis seiner Kreditkartengesellschaft war. Der Vorgang ist noch in Bearbeitung. Angeblich. Dann hat er mich als Beweis für seine ehrlichen Absichten zu seiner Mutter eingeladen. Ein besonderes Privileg, quasi noch nie da gewesen!«

»Ja und?«

»Das war dann das Ende.«

»Des Abends?«

»Nicht nur. Meinen Höhepunkt hatte ich, als er sich seinen gestreiften Opaschlafanzug überzog und sich in Wartehaltung ins Bett legte. Ich mich nackt daneben.«

»Auf was hat er denn in voller Montur gewartet?«

»Auf seine Mutter! Die kam zwei Minuten später ohne Anklopfen ins Zimmer, ignoriert mich total, kneift ihrem Bubi in die Wange, küsst ihn auf die Stirn und zieht ihm die Decke ordentlich unters Kinn. Mit den Worten ›Schlaf schön, mein Junge!‹ rauschte sie dann aus dem Zimmer. Kannst du das fassen? Der Mann ist fast fünfzig!«

»Nein! Und weiter?

»Nichts weiter, ich habe meine Sachen angezogen, ihm die Decke komplett übers Gesicht gelegt, und mit den Worten ›Leb wohl, mein Junge‹ habe ich hinter Mutter Häberle das Zimmer und anschließend das Haus verlassen.«

»Bravo! Aber wie geht's dir dann jetzt nach dieser Enttäuschung?«, fragte Nathalie mitleidig.

»Bestens! Gott sei Dank, noch mal die Kurve gekriegt, würde ich sagen.«

»So seh ich das auch, denn ich glaube, Jean Pascals Schlafanzug hast in letzter Zeit nicht nur du gesehen.«

»Wie?«

Nathalie schilderte ausführlich ihre Beobachtung im *gelato divino* und betonte immer wieder, wie erleichtert sie sei, dass das Kapitel Jean Pascal erledigt war.

»Am Schluss hätte der Hund noch zwischen euch gelegen«, spottete sie.

»Zwischen mir und PC?«, scherzte ich.

Kurze Pause, dann lachte sie und sagte: »Ich wusste, er ist ein Tier. Aber eigentlich rufe ich an, weil ich dich für morgen zum Essen einladen wollte. Auch ein besonderes Privileg!«

»Au ja!« Ich freute mich sehr.

Dann eben meine Überraschung morgen! Obwohl ich fast platzte!

Martin war wieder da. Gestern Nachmittag hatte das Telefon geklingelt und eine mir vertraute Stimme lud mich auf ein Bier ein. Es dauerte einen Moment, bis ich realisierte, dass der Anrufer Martin war. Kurzer Aussetzer des Herzschlages.

»Auch wenn ich einen günstigen Flug bekomme und frei bei dir wohnen kann, kostet mich das Bier noch einige hundert Euro.«

Ich räusperte mich. Meine Stimme klang ganz dünn.

»Ach, du Dummchen, ich bin doch in der Stadt.«

Mir wurde sofort ganz flau im Magen. Martin! An unserer Trennung hatte ich Monate geknabbert. Die Entscheidung, in Deutschland zu bleiben, fiel mir damals unendlich schwer. Mein Dickkopf ließ trotz später aufkommender Zweifel nicht zu, ihm nachzufliegen. Jetzt war er nach zwei Jahren wieder da. Wie lange würde er bleiben? Würde die alte Wunde wieder aufreißen?

Aber sie blutete ja schon.

Wir trafen uns zwanzig Minuten später in einer Bar.

Als wir das erste Bier tranken, begründete er seine frühzeitige Rückkehr mit einem außergewöhnlichen Jobangebot in München, beim übernächsten sprach er schon von Heimweh nach deutscher Kultur, und nach seinem vierten Bier gestand er mir den wahren Grund seiner Rückkehr und strich mir dabei mit einer vertrauten Geste die Haare hinters Ohr. Radfahrer, verfilzte Ökos und Scheinfranzosen waren wie weggewischt.

Als er mir später seinen Stars-and-Stripes-Schlafanzug zeigte, stellte sich kurzzeitig ein unangenehmer Flashback ein, welcher sich sofort auflöste, als er die beiden Teile mit einem verschmitzten Grinsen in die Ecke schleuderte.

»Na, schlechte Sitten angenommen?«, fragte ich im Scherz.

»Ach, das räumt morgen doch Frau Madle…« Er stoppte mitten im Satz und sah mich mit großen Augen an.

Ich sah zurück. »Woher weißt du das mit Frau Madlener?«

Nervös knetete er seine Hände.

»Los, raus mit der Sprache!«

»Ich hatte Kontakt.«

»Kontakt? Wie, Kontakt?«

Plötzlich sprudelte es aus ihm heraus: »Als du aufgehört hast zu schreiben, bin ich fast durchgedreht. Ich hab dann, gegen unsere Abmachung, bei dir angerufen.« Er zögerte kurz. »Ich hab mir Sorgen gemacht, mein Gott!« Trotzig stülpte er seine Oberlippe vor.

»Und weiter?«

»Ja, und da hat dann einmal Frau Madlener abgenommen. Genau weiß ich nicht mehr, wie es dazu kam, aber wir haben beschlossen, in Kontakt zu bleiben.«

»So?«

»Es war so schön zu hören, dass es dir nicht gutgeht!«, sagte er etwas betreten.

»Aha!«

Er schaute auf. »Nein, nein, nein!« Aufgeregt fuchtelte er jetzt mit seinen Händen. »Ich war so froh, dass du nicht gleich jemand anderen gefunden hast.«

»Woher wusste denn Frau Madlener das?«

»Na, eingezogen ist hier mal keiner.« Er grinste mich an. Nach kurzem Überlegen fuhr er fort: »Nicht dass du jetzt denkst, Frau Madlener hätte gepetzt oder so. Im Gegenteil, sie war sehr loyal dir gegenüber. Ich musste ihr alles aus der Nase ziehen. Es waren im Grunde eher Monologe. Meine.«

»Gut so.«

»Ja, fand ich auch.« Martin nahm meinen Kopf zwischen seine Hände. »Sie war ganz reizend. Hat mich moralisch immer aufgebaut, wenn ich meine Seelen-Gülle vor ihr ausgeschüttet habe.«

»Ach, auch das noch? Gülle?«

Er küsste zärtlich meine Lippen.

»Stinkige, eklige Gülle.« Ein Kuss auf die Nase. »Du hast mir so gefehlt. Es war furchtbar.« Seine Augen wurden ganz dunkel und er wiederholte mit tiefer Stimme: »Furchtbar! Einerseits hab ich mir immer wieder Vorwürfe gemacht, weil ich so egoistisch war. Dann war ich wieder gekränkt, dass du nicht mitgekommen bist. An den Wochentagen wollte ich dich vergessen, die Gedanken an dich ignorieren, einfach verbannen. Sonntags rief ich Frau Madlener an. Die sah nur eine Lösung für das Problem. Meine Rückkehr.«

»Jeden Sonntag?« Fassungslos starrte ich ihn an.

»Nein, nicht jeden«, wehrte er ab. »Fast jeden«, gab er dann leise zu.

Stille.

Ich musterte sein Gesicht. Er war kaum gealtert. Ein paar graue Haare spitzelten an seinen Schläfen hervor. Den Blick hielt er gesenkt. Da hatten wir jeder für sich gelitten und uns nach dem anderen verzehrt und Frau Madlener hatte still alles geregelt.

»Ihr seid mir ja zwei Verschwörer.« Zärtlich strich ich über Martins Kopf.

Hoffnungsvoll schaute er auf. Jetzt nahm ich seinen Kopf in meine Hände und küsste ihn vorsichtig auf die Stirn. Viel weniger vorsichtig umarmte er mich und drückte mich fest an sich.

Am nächsten Morgen kuschelte er sich an mich. »Ich freu mich jetzt schon auf heute Abend!«

»Ich auch! … Ich geh zu Hechts!«, sagte ich in ein enttäuschtes Gesicht. »Ich nehm dich natürlich mit – wenn du lieb bist!«

»Jetzt gleich nochmal?«

Nathalie machte nicht nur Augen, als wir vor ihrer Tür standen, sie erstarrte regelrecht.

»Schau, wie sie sich freut!«, sagte ich zu Martin.

Sie fing sich wieder und nahm ihn in die Arme. »Martin, ich freu mich, ich freu mich wirklich, dich wiederzusehen!«, sagte sie.

Dabei schaute sie mich mit aufgerissenen Augen an und wackelte mit einer Augenbraue.

Was will sie mir sagen?

»Nathalie, gut schaust du aus. Ich hab so oft an dich, Harry und die *boys* gedacht.«

»Und wir erst!« Wieder mit einem Seitenblick und zuckender Braue.

»Ein kaltes Bier würde jetzt guttun«, sagte ich. Und ergänzte: »Im Sitzen vielleicht«, um darauf hinzuweisen, dass wir immer noch vor der Tür standen.

»Und ein Schnitzel, ich kenn dich doch, Sina«, tönte Harry, der aus dem Wohnzimmer kam.

Ich musste lachen, aber das verging mir, als ich sah, dass jetzt auch Harry verdutzt auf Martin schaute. Was stimmte hier nicht? Ich wusste, dass die beiden Martin mochten und das Ende unserer Beziehung sehr bedauert hatten.

»So viele Überraschungsgäste heute«, sagte Harry und klopfte Martin freundschaftlich auf den Rücken.

»Oh, wer ist denn noch da?« Dabei schaute ich Nathalie fragend an.

Ihr Blick sagte diesmal verständlich: Ab ins Schlafzimmer!

»Kommt doch erst mal rein. Nathalie hat Besuch aus Holland, du erinnerst dich vielleicht noch«, ließ Harry fallen.

Ich war wie vom Donner gerührt. *Bitte lass es Frau Antje sein!*

Harry plauderte munter weiter: »Er interessiert sich sehr für ihre Bilder und hat sich schon welche ausgesucht.«

»Leider sind da schon viele verkauft«, sagte eine warme Stimme mit leicht holländischem Akzent. Ruud trat mit einem Bild in der Hand aus dem Wohnzimmer. »Hoi, Sina, hoe gaat het?«

Vermutlich fragt er mich, wie es mir geht.

»Tot ziens!«

Kaum hatte ich es ausgesprochen, fiel mir ein, dass das »Auf Wiedersehen« hieß. War vielleicht nicht ganz passend an dieser Stelle. Oder gerade doch?

Ruud lächelte nur traurig und wandte sich Nathalie zu. »Danke für die Bilder.«

Er hatte, als er Martin sah, die Situation intuitiv erfasst. Taktvoll trat er den Rückzug an und verabschiedete sich ohne großes Aufheben.

»Ich bring dich noch zur Tür«, sagte Nathalie.

»Ich auch«, sagte ich schnell und warf Harry einen Hilfe suchenden Blick zu.

Der nickte nur kurz und bugsierte Martin geschickt ins Wohnzimmer.

»Ruud, es tut mir wirklich leid, ich hab das nicht gewusst«, entschuldigte sich Nathalie. »Ich dachte auch, es wäre eine gute Idee, Sina zu überraschen, wenn du schon auf der Durchreise bist.«

»Das war das wert. Ich hab schon lange etwas für meinen kahlen Flecken gesucht.«

Nathalie schaute kurz irritiert zu mir, umarmte ihn dann aber trotzdem und wünschte ihm eine gute Heimfahrt.

»Schön, dass du Gefallen an Nathalies Bildern gefunden hast, die deine kahlen Wände schmücken werden«, übersetzte ich seine Bemerkung. »Ich hab mich auch sehr gefreut, dich wiederzusehen, Ruud.« Ich drückte ihn und küsste ihn auf die Wange. »Die Umstände sind etwas ungünstig, hättest du mich doch angerufen!«

»Is schon juht. Tot ziens, ihr beiden!« Er drehte sich um und ging die Stufen herunter.

Von der Haustür, an der wir noch einen Moment lang schweigend standen, führte unser Weg direkt ins Schlafzimmer.

»Wie um alles in der Welt kommt Ruud zu dir?«

»Gegenfrage, wo kommt Martin plötzlich her?«

»Er hat mich gestern angerufen!«

»Mich hat er auch angerufen!«

»Wer, Martin?«

»Nö, Ruud!«

»Warum hat er dich angerufen?«

»Na, er wollte dich wiedersehen, du Schaf.«

»Warum ruft er dann nicht mich an?«

»Weil ich in Livigno das Nummerngirl war.«

»Und die Bilder?«

»Das war Zufall.«

»Und was meinte er mit: anderer Käufer?«

»Na, dass die anderen Bilder schon verkauft sind.«

»Ach was! An wen?«

»Halt dich fest! Das ist meine zweite Überraschung und eine dritte gibt es auch noch.«

»Ach was! Erzähl!«

»Erinnerst du dich an die Geschichte mit den Kaisers?«

»Ja, klar.«

»Ihr Sohn ist der Manager einer deutschlandweiten Hotelkette.«

»Ach was, da schau her.«

»Er stattet den Speisesaal seines neuesten Hotels mit meinen Bildern aus. Für ein unglaubliches Geld.«

»Ach was, ist ja irre.«

»Und du glaubst es nicht, er wollte beinahe alle.«

»Bis auf die Gebirgslandschaften anscheinend.«

»Diese unfertige Serie habe ich ihm vorenthalten.«

»Deren Schicksal ist jetzt eine holländische Küstenstadt.«

»Es wächst eben zusammen, was zusammengehört.«

»Ich flipp aus. Und was kommt als Überraschung Nummer drei?«

»Nochmals Kaiser.«

»Ach was.«

»Er hat Benni in einem seiner Hotels eine Lehrstelle als Koch angeboten.«

»Genial!«

»Jetzt du.«

»Wie …? Ich?«

»Na, du und Martin?«

»Was ein Hamster zusammenbrachte, kann ein Stinktier nicht trennen.«

Nathalie lächelte, zögerte kurz und zog nachdenklich die Braue hoch.

»Denk an die Hautschuppe!«, flüsterte sie.

»Häh, Hautschuppe?«

»DNA-Test, du weißt schon.«

Und wieder zuckte die Braue.

Danksagung

Wir haben das Ding gebacken gekriegt!
Das verdanken wir unter anderem:

Markus Tremmel, der mit uns in der Rezeptdatenbank wühlte und seinen Ersatzofen in petto hielt.

Daniela Bohn, die eine kleine Rezepturkorrektur vorschlug.

Martina Schmid, die uns den Weg in die Küche zeigte.

Dem Silberburg-Verlag, der die ersten Backversuche verkostete und für gut befand.

Waltraud Rüngeling und Reiner Gröber, die Verfeinerungen in der Rezeptur vornahmen.

Susanne Ehrmann, Vicki Habermann, Andrea Klotz, Sylvana Krappatsch und Britta Rudeck, die alles probierten, was wir ihnen vorsetzten, und mit ihrer Begeisterung uns Bäckerinnen weiter antrieben.

Bettina Kimpel, die den Backvorgang überwachte und unauffällig verbrannte Stellen vom Kuchen kratzte.

Und vor allem unseren fünf Männern, den Küchenhelfern, die neben uns an der Rührschüssel standen, Mehl abwogen, Eier aufschlugen, abwuschen, wegräumten, uns den Schweiß von der Stirn tupften und, und, und …

Dem »ergoteam« einen extra Dank, dass Petra die eine private Mail schicken und das eine private Telefonat während der Backzeit führen durfte.